宮廷書記官リットの優雅な生活2

鷹野 進

一二三文庫

目次

chapter 04
The graceful life of court clerk Litt
宮廷書記官リットの憂鬱な事情

第1筆　斬首

——リトンの首を刎《は》ねよ！

夏の離宮にある玉座の間で、王が叫ぶ。

——宮廷書記官の身で、何ということを。この痴《し》れ者が！

近衛騎士に身柄を押さえつけられ、床に這いつくばった翠目の青年は、それでも不敵に笑った。

——お持ちください、陛下。

王太子が口を挟む。

——何だ？　お前はこやつの肩を持つのか？

——いいえ。

怒りに燃える、王の紫の目にも怯まない。

王太子が言う。

——首は首でも、宮廷書記官としての命を絶ちましょう。

第2筆　銀と白い黄金の評議

「今が好機なのだ！」

評議の間で、椅子に座ったフィルバード公爵が机を叩く。

「銀と、岩塩の需要が高まっている。今こそ、採掘量を増やすべき！」

幾人かの貴族が頷《うなず》いた。他の貴族は、隣同士の席でひそひそと声を交わす。

「フィルバード公爵」

王が口を開いた。しん、と評議の間が静まり返る。

「採掘量を増やせば、それだけ枯渇の時間が早まる。銀も、岩塩も。無限ではないのだ」

「だからこそ！」

フィルバードが声を上げる。

「価値が高いうちに、貨幣に換えるのです。国庫に貯えがあれば、たとえ銀と岩塩が枯渇しても、銀雪の国は栄える！」

まばらな、それでいて盛大な拍手が沸いた。フィルバード公爵に近しい貴族たちが笑い合う。

気を良くしたフィルバードが言う。

「貨幣があれば。陛下の大好きな書物を買い占めることができますよ」

「……余の趣味で、命令を出したわけではない」

静観していたラウルが口を開いた。

「フィルバード公爵。納本王令――『フルミア国内における書物及び図画及び資料等を収集かつ保管する王令』は、知識の継承と発展を目的としたものだ」

ふん、とつまらなそうにフィルバード公爵が鼻を鳴らす。

「その王令も、貨幣があってこそ可能なのです」

「……罪科帳に載った者が、よく言う」

呟《つぶや》かれたその言葉に、フィルバード公爵は眦《まなじり》を吊り上げた。

「誰だ！　私を侮辱したのは！」

貴族たちは視線で互いに探り合う。誰も名乗り出ない。

王が指で机を叩く。

「今日の評議は、ここまでだ」

貴族たちが一斉に席を立つ。王へ退室の礼をして、評議の間から出ていく。

同じように席を立ったラウルは、苦々しい表情のフィルバード公爵を見送る。貴族たちが退室すれば、評議の間に静けさが満ちた。

椅子から腰を上げない父王に、ラウルは声を掛ける。

「陛下。いかがなされましたか」

「ラウル……」

王の声がかすれた。せき込む。

「体調が優れませぬか？」

心配そうに眉根を寄せたラウルに、王は掌《てのひら》を向けた。

「いや、少し噎《む》せただけだ。大事ない」

「ですが」

王の表情は暗い。

「しばし、ひとりで政策について考えたい」

「……はい」

ラウルが頭を下げ、出ていく。

誰もいない評議の間で、王は空席を眺める。

「財貨と、罪科か……」

呟きは静寂に溶けた。


「まったく、あのわからず屋が！」

興奮気味に廊下をフィルバード公爵が行く。

向こう側から、侍従が姿を見せた。

「フィルバード様」

「何だ」

不機嫌を隠そうともしない声音に、侍従はびくりと体を震わせる。

「あ、あの方が。王城にお着きになられました」

「ほう」

フィルバード公爵の目が大きくなった。

「それは朗報だな」

嗤《わら》う。

第3筆　涙の理由

トウリが泣いている。

ぼろぼろと、大粒の涙を零《こぼ》して泣いている。

椅子に座ったトウリの頭上に、白いハンカチが落とされた。

「休憩中に号泣とは。憂鬱《ゆううつ》な事象だな」

「だって、リッドざま！」

トウリが傍に立つリットを見上げた。頭のハンカチを手に取り、涙を拭く。

「〈アルバート王〉の主人公、アルバート王が、かわいそうで！　名君だったのに、弟から王位を簒奪《さんだつ》されて、王妃にも裏切られて、ひとり荒野を彷徨《さまよ》うなんて！」

リットが肩をすくめる。

「悲劇か。お前、意外と雑食だなぁ。トウリ」

「一番好きなのは、トリト・リュート卿の〈白雪騎士物語〉です！」

ちーん、とトウリが鼻をかんだ。

「洗って返せよ、それ」

「心が狭いですよ、リット様」

目元を赤くした、茶色の瞳に睨まれる。

「大体、休憩時間に号泣必至な悲劇を読むなよ」

リットがそう言えば、トウリは膝の上の書物を両手で掲げて見せた。

「知らないんですか？　今、流行っている、サールド・フィルド卿の悲劇ですよ！」

「そんなものが流行っている事実を知りたくなかった」

顔をしかめるリットに、トウリが首を捻る。

「リット様は、悲劇が嫌いですか？」

「まーな。現実がもう悲劇だからな。十分間に合っている」

執務室の片隅、水の張った木桶からポットを持ち上げた。ぽたぽたと水滴を垂らしながら、リットはカップを片手に取る。

「あ！　誰が床を拭くと思っているんですか！」

「トウリだろ」

しれっと言ってのけて、リットはカップに冷やされた紅茶を注ぐ。白く濁っていない、琥珀《こはく》色の紅茶がカップに満たされる。

少量の砂糖が入った、微かに甘い紅茶をリットはひと口飲む。ポットを木桶に戻して、窓際へ移動した。入れ替わりに、トウリが木桶周辺の床を拭く。

リットが窓の外を眺める。

薄曇りの空に、青いフルミアの旗がはためいている。ざわざわと、遠く騒《ざわ》めきが聴こえる。

「……何かあったか？」

主人の呟きに、侍従が顔を上げるのと同時。

「リット！」

ジンが執務室に飛び込んできた。

その驚きに、リットとトウリの肩が揃って跳ねる。

「どうした、ジン。王城の庭で鯨と狼がダンスをしていたか？」

「軽口を叩いている暇はない、リット」

急いで来たのだろう、ジンの息が弾んでいる。

「来い」

有無言わせぬ灰青《かいせい》の瞳に、リットの目が瞬《またた》く。

「どこに？」

「謁見《えっけん》の間だ」

真剣な表情で、ジンが唾を飲み込む。

「王姉《おうし》の遺児を名乗る男が現れた」

第4筆　王姉の遺児

昼下がりの陽光が、大窓から降り注ぐ。

謁見の間の中央に立つ青年の髪を、金色に輝かせている。

広い謁見の間は騒めきに満ちていた。一階のフロア左右には、貴族たちが居並ぶ。毅然《きぜん》とした表情で王を待つ青年を指差し、ひそひそと会話を交わす。

——金髪に紫の瞳だ。

——王位継承権の条件、〈彩色の掟〉どおりじゃないか。

——歳はラウル王太子よりふたつ、三つ上か？

——見ろ、あの堂々とした佇まい。王族に相応《ふさわ》しい。

——王族と認められたとしても。王太子はおひとりだ。

二階のバルコニーから、職位が高い政務官たちが見下ろしている。

——あれが、〈噂の三番目《サード》〉か。

——また、偽物なんじゃないのか？

——しかし、あの有名な〈悲恋の塔〉の、イリカ王女に似ていないか？

——亡くなられた王女の面影があるのか。

――待て。本物の王族なら、今までどこに隠れていたんだ。

――それがどうも、西のニーナ神殿らしい。

政務官たちの中に、ジンとリットが滑り込んだ。

「やあ。来たね、リット一級宮廷書記官」

バルコニーの最前列で、初老の男が微笑む。

「セイザン宮廷書記官長」

ジンが頭を下げる。

「お待たせしました」

「うん。呼びに行かせて悪かったね、ジンどの」

「いえ。私もリットも気になりますから」

当の本人がジンの背を叩く。

「ジン。場所を交代しろ。腹立たしくも、お前の長身で見えん」

ジンが身を避ければ、リットがセイザンの隣に並んだ。一階のフロアに立つ青年を眺める。

「ふーん。やや長めな金髪ということはわかるが、この距離では瞳の色はわからんな」

ちら、とリットがジンを見る。ジンが頷く。

「光の加減もあるが。スミレのような可憐な薄紫の瞳をしている」

「装飾された言葉はいらんぞ、友よ」

リットが眉を寄せる。

ジンが言い直した。

「ラウル殿下より色彩は薄い。青みがかった紫だ、友よ」

「ジンどのは目がいいねぇ」

ふっふっふ、とセイザンが笑う。

トランペットを手にした三人の楽人が現れた。荘厳なファンファーレが鳴り響く。

「夜空を統べる月神《クーナ》の守護を！　ラウル王太子殿下の御成り！」

式部官が声を張り上げれば、無表情のラウルが現れた。フロアで一番玉座に近い場所に立つ。

「夜空を統べる月神《クーナ》の守護を！　国王陛下、王妃殿下の御成り！」

王と王妃が玉座に座れば、人々は声を揃える。

「月神《クーナ》の守護よ、永久《とこしえ》に！　銀雪の国《フルミア》よ。栄え給え、輝き給え！」

人々の声が消え、静けさが謁見の間に満ちた。

「……さて」

王が口を開く。

こほん、と少し咳き込む。

「余の、前に立つ、汝の名は？」

青年が唇を吊り上げた。

「ナルキ・フルミアと申します」

ざわ、と人々が驚く。臆することなく国名《フルミア》を名乗ったナルキに、視線が集中する。

「不遜な隠し名《ヴァーチャス》だな」

ラウルの言葉に、ナルキが首を横に振った。

「隠し名ではありません。正式名《フル・ネーム》です」

ナルキが紫の目を細めた。

「疑うのも当然です。ラウル殿下にとって、私は目障りな存在でしょう」

「ほう」

ラウルが面白そうに息を吐いた。

「王太子の座を脅かされるから……か」

「しかし。それは誤解です」

ナルキが床に膝をつく。

「私は、王太子の座など望んでいません」

「では、何を望むか？」

朗々とした王の声が響く。はい、とナルキが答える。

「ただ、亡きイリカ王女の遺児と認めていただければ。それ以上のことは望みません」

「王族と偽ることは死罪ぞ」

厳しい王の声に、びくりとナルキの体が震えた。

「お、畏れながら。私は……王族の彩色を持っております」

「それが偽りでないことを、示せ」

王が宮廷医薬師長を呼ぶ。白衣を着た老爺が頭《こうべ》を垂れる。

「宮廷医薬師長よ。そこの青年の彩色は、真《まこと》のものか？」

「はっ」

王の問いに答えるために、宮廷医薬師長は膝をつくナルキに近づく。

「待たれよ」

フィルバード公爵の声が響く。

「その白衣に仕込まれているものは、何か？」

「へっ？」

宮廷医薬師長がきょとんとする。厳しい表情で、フィルバード公爵が白衣の襟を掴んだ。

「な、何をなさいます！」

「それはこちらの台詞《セリフ》だ」

フィルバード公爵が手を放すと、宮廷医薬師長がその場に尻もちをついた。

「これは、何だ！」

フィルバード公爵が掲げる。

大窓から差し込む光を、大針がきらりと弾く。

ナルキが目を見張った。

「それは……、毒針でしょうか」

「し、知りません！」

宮廷医薬師長が悲鳴を上げた。

「ほほほ本当です！　まったく身に覚えがない！」

「この愚か者が！　王族を暗殺するつもりだったのか！」

フィルバード公爵の言葉に、謁見の間に居並ぶ人々が凍りついた。

第5筆　黄色の毛先

「悩ましいことになったな」

回廊を歩きながら、ジンが呟く。

「ナルキの彩色が本物かどうかの前に、暗殺未遂が仕組まれるとは」

前を行くリットが嗤う。

「俺は、お前の目の良さが怖い。ジン」

「これでも、ゼルド陛下から近衛騎士団副団長を拝命した身だからな。しかし……」

ジンがため息をついた。

「その仕組んだ本人が、フィルバード公爵となると、ディエス団長にどう報告すれば良いのやら」

「そのまま報告すればいいじゃないか。『宮廷医薬師長の白衣に毒針が仕込まれていたフリをして、フィルバード公爵が自分の袖口から取り出しました』と」

ジンが唸る。

「証拠があるか、と言われたら弱い。おれが見ただけだ」

「ディエス団長は、お前が灰青の牙《ジキタリア》ということを知っているんだろう？」

「ああ。信じてくれるとは思うが、フィルバード公爵が否認したら終わりだ」

「証拠がないからなー」

リットが手で頭を掻く。

回廊の先、蔦の装飾で飾られた扉をノックした。

「取り込み中のところ、悪い――」

リットが勝手に扉を開けた。

白衣を着た宮廷医薬師たちが、肩を落として椅子に座っていた。

「……はい」

年若の宮廷医薬師が顔を上げた。その顔色は幽鬼のように青白い。

「おいこら」

リットが眉をひそめる。

「まだ、ザイール宮廷医薬師長の仕業だと、決まったわけじゃないだろ」

「ですが！」

がたん、と椅子が倒れた。立ち上がった年若の宮廷医薬師が涙を流す。

「ザイール様は、投獄されて、しまいました……」

リットが横を通り抜けざま、彼の肩を叩く。

「今は辛抱だ。『真実は権力の花ではなく、時間の花』だ」

無言が満ちる大部屋を、リットとジンが通り過ぎる。

「ユヅキどの。いるか?」

奥の部屋の開け放たれた扉を、リットがノックする。

「入って。今、手が離せない」

部屋の中を覗けば、自身の長髪の毛先をルーペで観察している女性がいた。

「枝毛探し……では、ないようですね」

茶の長髪の毛先、掌ほどの長さ。黄色く変色している。

「うーん。二回じゃ効果が薄いか」

「髪を染めたのですか? ユヅキ一級宮廷医薬師どの」

リットの言葉に、ユヅキは顔を上げた。彼女の緑の瞳と、目が合う。

「逆さ。リット一級宮廷書記官、兼、宮廷書記官長補佐どの……って、長い」

「あ、呼び捨てでお願いします。俺も長ったらしいのは性に合わない」

「これ、何色に見える? リット」

ユヅキが自身の毛先をリットへ見せた。

「……黄色、ですねぇ」

リットがジンを見る。ジンも同意して頷く。

「して、ユヅキどの。逆とは?」

「わたしも呼び捨てで構わないけど。職位は微妙にリットのほうが上でしょ」

「いや、近衛騎士団の団長に斬り捨てられたくはないので」

リットが話を促すと、ユヅキは薬液が入った瓶を取り出した。

机上に置く。

「これ。ユルの木の灰を煮詰めて、クロジムシの虫こぶを加えたもの。毛皮とかの脱色に使う。意外と高価な薬液」

「この薬液を使うと、茶色の髪が脱色されて、黄色になる……と？」

リットの言葉にユヅキが頷いた。

「でも、駄目だ。二回じゃ弱い」

ユヅキが黄色い毛先を手に持って振る。

「金色にするには、三回以上薬液を使わないと」

ジンの目が丸くなる。

「ご自身で実験していたのですか！」

「うん」

あっさり頷く彼女に、ジンは深いため息をついた。

「……あとで、団長に、説教されますよ……」

「毛先だから、切ればいいかなって」

「髪は女性の命ですよ！」

ジンが叫べば、ユヅキとリットが口に手を添えた。

「まあ、お聞きになりまして？　リット様」

「ええ、しっかりと。ユヅキ様」

ユヅキが言う。

「久々に聞きましたわ。裏表のないお言葉！」

「あら、うらやましい。いつも聞いていると、耳が蕩《とろ》けてしまいますよ！」

頭痛と胃痛の二重奏に、ジンが頭を抱えた。

「ジンどの。薬をお出ししましょうか？」

普段どおりのユヅキの声に、ジンが首を横に振った。

「い、いや。結構です……」

「いやー、楽しいな。ユヅキどのと、ジンいじり」

はっはっは、と笑うリットの、長い三つ編みをジンが引っ張った。

「う！」

「仕返しだ。これで終わりにしてやる」

「くっ、子どものような仕返しをしやがって……！」

後頭部を手で押さえるリットに、ジンはため息をつく。

「どっちが子どもだ。おれをからかって」

「ユヅキどのはいいのか？」

真顔でリットが指を差す。片手を挙げて応えるユヅキ。

「ユヅキどのは、いい。年上だし、一級宮廷医薬師だし——」

「俺だって一級宮廷書記官なんだが」

リットが不平を挟む。

「——ディエス団長の奥方だから」

リットは口を噤《つぐ》んだ。

第6筆　偽物、本物、作り物

ユヅキが大机にカップを置く。

「あれ、トウリは？」

「侍従詰所です。情報収集」

リットが答える。

「ふーん」

書物が山積みになった大机の上を、がざっと雑に空ける。ジンの前にもカップを置いた。

「あ、ありがとうございます」

「いーってこと。お喋《しゃべ》りにはお茶が必要でしょ」

自分で淹れた紅茶に、ユヅキは早くも口をつける。

「大変な時に申し訳ない」

ジンが軽く頭を下げた。

大机に山積みの書物。

それだけではない。

薬の処方箋、薬草の在庫状況のメモ、書き損じメモ、使用済みの乳鉢、空の瓶が六本転がっている。

「ザイール様が投獄されてしまったからね。医薬室は大打撃」

ユヅキが肩をすくめた。

「物理的に、精神的に？」

リットがカップを持つ。

「そー」

すっと、ユヅキの緑の目が鋭くなった。

「権力抗争に、医薬室を巻き込まないでもらいたいわ」

「御尤《ごもっと》も」

リットが紅茶を飲む。満足そうな息をつく。

「それで、この結果だけど」

ユヅキがひとつに束ねた長い茶髪を見せた。その毛先が黄色い。

「さっきも言ったとおり。茶髪を、三回以上脱色しないと金色にはならない。そして、そのためには、高価な薬液が大量に必要」

「瞳の色は？」

リットが尋ねる。

「そこなのよね」

ユヅキが髪を背に払う。

「瞳の色を変える薬なんて、今のところ思い当たらないわ」

「では、ナルキの目は、本物の紫色ということですか？」

ジンに、ユヅキは首を横に振って見せた。

「今のところ、よ。文献をひっくり返している最中」

「ユヅキどのは、ナルキが偽物だと思っているんですね」

リットの声に、ユヅキは唇の端を歪める。

「……まあね。陛下のご命令だからね。彼の彩色が真《まこと》か否か、確かめろと」

「ふーん。今までも、偽物騒ぎがありましたよね」

優雅に紅茶を飲む所作とは程遠い、リットの不穏な言葉。

「六年前と、二十年ほど前」

ユヅキが机上に肘をついた。両手を組み、その上に顎をのせる。

「よくご存じで。一級宮廷書記官どの」

「さすがに、大事件は知っていますよ」

「六年前の偽物騒動は、おれも聞いたことがあるが……」

ジンが唸る。

「二十年前の事件は知らないぞ？」

「刑罰が記された罪科帳なんか、お前には縁遠いからな。ジン」

灰青《かいせい》の目が瞬く。

「調べたのか、リット」

「気になるだろ」

ジンが口を噤む。リットの父が騒動によって斬手されたことを知っている。

「俺の記憶が正しければ。ふたつの事件に関わっていますね？　ユヅキどの」

「うん」

リットへ彼女が頷く。

「二十年前の事件は、行方不明だった、生まれたばかりのイリカ王女の子が見つかった、という件。下級役人の虚偽だったけど」

「……その役人は、どうなりましたか？」

真剣な表情のジンに、ユヅキは言う。

「死刑。担ぎ出した赤子も」

「むごい」

ジンが顔をしかめた。

「先王は苛烈なお方だったからね」

ユヅキがため息をつく。

「敵も多かった。最期は病死だったが、毒を盛られたなんて噂が公然と流れた」

「ふーん。ありえますねぇ」

リットがカップを机上に置く。

「風邪をこじらせたにしては、急な容態の変化だったとか」

「医薬室も散々疑われたよ。誰それの依頼で毒を盛ったとか、わざと治療をしなかったとか。それらの醜聞に、毅然と立ち向かったのは、ザイール様だった」

「へぇ。あの爺さんが」

目を丸くするリットに、ユヅキが苦笑した。

「普段は優しすぎるんだよ。だが、治療に関しては頑固さ」

だから、とユヅキの目に力が入る。

「ザイール様を陥れたヤツを、許さない」

「それなら。貴女もこちら側だ」

リットの言葉に、怪訝そうにユヅキは眉を寄せた。

リットとジンが頷き合う。

「フィルバード公爵が、宮廷医薬師長の白衣に毒針が仕込まれていたフリをして、ご自身の袖口から針を取り出した瞬間を、見ました」

「何だって！」

ジンの言葉に、ユヅキが立ち上がる。慌てて椅子に座り直す。

「本当か、ジン？」

「はい。ただ、証拠がありません」

むう、とユヅキが唇を尖らせる。

「でも、灰青の牙《ジキタリア》だろう？　あまり知られていないが、視覚や聴覚、身体能力に優れている」

ユヅキが人差し指をジンに突きつけた。

「灰青《かいせい》の瞳。その証。わたしにとっては、十分な証拠だ」

第7筆　魔書の所有

回廊の角を、リットはジンと反対方向に曲がった。

「どこへ行くんだ？」

ジンの問い掛けに、リットは振り返らずに手を振る。

「ご機嫌窺《うかが》いさ」

肩をすくめたジンと別れて、リットは回廊を進む。いくつもの角を曲がり、侍従たちとすれ違い、衛兵に頭を下げられながら、王城の奥へと向かう。

「リット様」

豪奢な木製の扉の前で、黒髪の侍従と出会った。

「やあ、ヤマセ」

リットへ、ヤマセが頭《こうべ》を垂れる。

「今、お呼びに行くところでした」

「はっはっは。呼び出しより先に参上したぞ」

ヤマセが苦笑して、木製の扉をノックする。

「失礼いたします。リット・リトン様がお見えです」

「――入れ」

　ヤマセが扉を開けた。執務机に、ラウルが頬杖をついていた。

「ご機嫌麗しゅう、我が君」

　リットが微笑む。が、ラウルは顔をしかめた。

「白々しい言葉を口にするな」

「これは失礼、ラウル王太子殿下様」

「……道化を演じるのなら、望みどおり、胴と首を切り離してやる」

「うっわ。こっわ」

　リットが笑みを引っ込めた。

「余裕ないですね？」

「あってたまるか。こんなものまで贈りつけられて」

　ラウルの視線にヤマセが頷く。続きの間に行き、やがて一冊の書物を持ってきた。

　リットへ差し出す。

「どうぞ」

　ヤマセに促されるまま、リットが書物を手に取る。表紙に描かれた摩訶不思議な文様に、眉をひそめる。

「……ラウル殿下にしては、趣味が悪い」

「オレの趣味ではない」

「ふーん」

ぱらぱらと、リットがページをめくる。

「魔書ですか」

ラウルが首肯した。

リットが言う。

「本当かどうか知りませんが、なかなかに面白い内容ですね」

悪魔を召喚する魔法陣をはじめ、猫を使い魔にする方法、若返り薬の作り方、翼の生やし方、他者に変身する薬の材料、瞳の色を変える薬、ドラゴンの乗り方、一角獣の繁殖方法、嫌なやつを転ばせる魔法。などなど。

「興味あるか。リット」

「まあ、笑いのネタにはなりますね」

ふん、とラウルが鼻を鳴らした。

「では、くれてやろう」

「は？」

リットの翠の目が瞬く。

「……押しつける、の間違いではなくて？　所有するだけで厄災を招くという魔書ですよ」

「それは噂だろう。ただの書物だ」

「そーですが。あ、ラウル殿下に『嫌なやつを転ばせる魔法』を使ってもいいですか？」

「どんな魔法だ」

「『さりげなく足を掛ける』」

「くだらん」

パタン、とリットが本を閉じた。

「まぁ、有り難くいただきます。……が、この魔書はどうやって手に入れたんですか」

「知らん。先の生誕祭の贈り物の中に交じっていた」

「へぇ」

リットの目が眇《すが》められる。

「贈り主は？」

「国内《フルミア》の貴族の誰か。としか、わからん。無駄にたくさん貢がれたのでな」

「さすが、王位継承権を唯一お持ちのラウル殿下」

ラウルの口元が歪んだ。

「皮肉か？」

「本心です」

リットの翠の瞳は、鋭い光を宿している。

「これもあれも。フィルバード公爵の戯れですか？」

「そうかもな」

ラウルが椅子から腰を上げ、リットの正面に立つ。

「お前に命じるは、ただひとつ」

ラウルの指が、リットの胸の中心を指差す。

「真実を綴れ。一級宮廷書記官、リトラルド・リトン・ヴァーチャス」

「……王前名《おうぜんめい》で呼びますか」

リットが唇の端を吊り上げた。

第8筆　おいしい紅茶に罪はない

執務室に戻れば、できる侍従が紅茶の用意をしていた。

「おかえりなさい、リット様」

トウリが目を留める。

「その書物は何ですか？」

「読んでみるか？　トウリ」

リットが表紙を見せる。

「厄災を招くという魔書だ」

「ええっ！」

トウリが壁際まで距離を取った。

「あ、あの噂の！　所有しているだけでも厄災が降りかかるという、恐ろしい書物ですか！　どうして、そんなもの！」

「うん？　ラウル殿下に押しつけられた」

「あああああ」

トウリが打ちひしがれる。

「リット様。厄災に呑まれる前に、僕に近衛騎士団への紹介状を書いてくださいね。お願いしますね。絶対ですよ」

「厄災に呑まれる前に、紅茶を飲むから無理だな」

言外で、紅茶を早くしろと催促をする。

「……わかっています」

ゆるゆると、トウリが動き出す。

カップへポットの中身を注ぐ。湯気の立つ深黄赤色《ブリックレッド》が白磁器のカップを満たす。すっきりとした香りが漂った。

「西領ソラド産の二番茶摘みです」

トウリが、ソーサーごとカップを渡す。

「西領のソラド……フィルバード公爵家の領地だな？」

魔書を小卓の上に置き、リットが椅子に座った。カップに口をつける。

「ええ。フィルバード公爵から王城へ贈られた、とのことです」

「ふーん。領地の産物を献上するのは、よくあることだからな。ふーん」

「なんですか。何か含みがありますね、リット様？」

「んー？　ニーナ神殿はフィルバード公爵の領地の近くだな、と思って」

カップを卓上に置いた。リットが胸の前で腕組みをする。

「閉山となったニーナ銀山の麓に、神殿はある。ついでに、シンバルの国境まで近い」

「あっ」

トウリが声を上げた。

「リット様。ご報告があります」

「なんだ？　彼女でもできたか？」

「違います！」

顔を真っ赤にして、トウリが怒る。

「そんな風にからかうと、言いませんよ！」

「悪い、悪い」

じとりと、トウリが目を据わらせる。

「……心から悪いとは、思っていませんね？」

「うん」

臆面もなくリットが頷けば、トウリは深いため息をついた。

「それで、報告ですが。三つあります」

「三つもか。大収穫だったな、トウリ。簡潔に頼む」

頷き、トウリが人差し指を立てた。

「ひとつ目です。ナルキ様はフィルバード公爵のお屋敷に滞在していること。

ふたつ目は、ニーナ神殿にフィルバード公爵から多額な寄付があったこと。

三つ目は、侍従たち全会一致で、ザイール宮廷医薬師長が暗殺なんて企むお人ではない、ということ。です」

束の間、リットは目を閉じた。

腕を組んだまま、眠っているように見える。

沈黙が室内に満ちた。

「……リ、リット様？」

ゆっくりと瞼《まぶた》が上がる。現れた翠の瞳には、冷々《れいれい》とした光。その鋭さに、トウリが唾を飲み込んだ。

「――『真実は権力の花ではなく、時間の花』」

リットが呟く。

「『時をかけて、その花弁を開く』……か」

カップに手を伸ばし、紅茶を飲む。

「うん。うまいな」

普段どおりの彼の様子に、トウリが胸を撫で下ろす。

「蒸らし時間を短めにしてみました」

「ああ、そのほうが香りが際立つ」

紅茶を飲み干して、リットが椅子から立ち上がった。職位のマントを羽織り、白鷺の三枚羽根を胸に留めた。

「よし、行くか」

「どこにですか？」

きょとんとするトウリに、リットが笑う。

「まずは、ザイール宮廷医薬師長どののところ――」

コンコン、と執務室の扉がノックされた。

「はい？」

引き継ぎでトウリが扉を開ける。

「やあ、トウリ」

胸にオオルリの二枚羽根を着けた、ミズハが立っていた。

「リット様も。ご機嫌麗しゅうございます」

「どうした、ミズハ二級宮廷書記官？」

リットが尋ねる。

「セイザン宮廷書記官長から呼び出しか？」

「いえ」

ミズハが首を横に振った。

封のされた封筒を、リットへ差し出す。

「うん？　ラウル殿下では……なさそうだな」

受け取り、封蠟に押された紋章を見て、リットは眉を寄せた。

「……どういう風の吹き回しだ」

「わかりません」

リットの言葉に、ミズハが俯く。

「どなたからですか？　リット様」

不思議そうに、トウリが首を傾げる。

リットは手に持った封筒、その封蠟の紋章をトウリへ見せた。

翼を広げる双頭の鷲。

「フィルバード公爵だ」

第9筆　初めまして、愛読者様

陽《ひ》は傾いても、夕暮れにはまだ早い。

王城の外。それでも目と鼻の先にフィルバード公爵の屋敷はあった。

「ようこそ。リット・リトン一級宮廷書記官、兼、宮廷書記官長補佐」

広いエントランスで、フィルバード公爵本人が出迎えた。

「お招き、ありがとうございます。フィルバード様」

他所行きの笑顔を浮かべて、リットがフィルバード公爵と握手をする。

「侍従のトウリが、西領ソラド産の二番茶摘みの紅茶を、絶賛しておりましたよ」

トウリが頭を下げる。

「ははは。それは、嬉しい」

さあ、とフィルバード公爵が屋敷の中へと招き入れた。白々しいまでに、過去に触れない。

「ヴァローナ嬢はお元気ですか？」

ぴくり、とフィルバード公爵の眉が動く。

「ああ。王立学校で、楽しくやっているようだ」

エントランスを抜けて、階段があるホールへ移動する。木製の階段の手すりには、双頭の鷲の紋章が緻密に彫り込まれていた。二階へ上がる。

「会わせたい人が居る」

通されたのは、庭が見下ろせる客間だった。

大きく採られた窓から、青い小花が集まって咲く、セルランタの花が見えた。蜜を求めてか、蝶が四、五頭飛んでいる。

書物を読んでいた彼が席を立つ。

「初めましての気がしませんが、初めまして。リット・リトンどの」

金髪に紫目。爽やかな笑みを、ナルキが浮かべた。

「それとも、人気作家、トリト・リュート卿とお呼びしたほうが？」

リットがフィルバード公爵を見る。公爵は薄笑いを浮かべていた。正体をバラしたのだろう。

リットが青年へ向き直る。

「リットで構いませんよ。ナルキどの」

様付けではない呼び方に、ぴくりとナルキの眉が跳ねた。

フィルバード公爵が咳払いをする。

「リット一級宮廷書記官。畏れ多くも、そこにいらっしゃるのは、〈彩色の掟〉を持つ王族だ」

「ああ、これは失礼」

慇懃《いんぎん》優雅に、リットが頭を下げた。

「ラウル王太子にも、よく注意されます。お前は言動が軽いと。道化のようだと」

「……思ったとおり。面白い方だ」

ちらりと、ナルキがフィルバード公爵を見た。

「私が〈白雪騎士物語〉の愛読者で。公爵に無理を言って、お招きしました」

小卓の上に広げられた書物は、〈白雪騎士物語〉。

「お会いしたかった」

「光栄です」

リットが微笑み、ナルキと握手する。

第10筆　同じ彩色

ナルキに促され、リットが椅子に座る。フィルバード公爵がナルキの隣の椅子に座った。トウリは壁際に控える。

「たくさん作品を書かれていますね」

紫の目を眩しそうに細めて、ナルキが言う。

「〈世直し伯爵～この紋章が目にはいらぬか～〉や、〈獅子王が参る！〉とか。恋愛ものの〈花の名は〉や〈世界の果てで真実を誓う〉も興味深いです」

「よくご存じで」

はっはっは、とリットが軽く笑った。

「全部、読みました」

「ありがとうございます」

「すべて、幸福な結末ですね。悲劇はお書きにならないのですか？」

ナルキの問いに、一瞬、リットは笑みを消す。

「――悲劇は間に合っています」

室内の気温が下がった気がした。ぶるり、とナルキが体を震わせる。リットは無表情だと、鋭い威圧を感じさせる。

　だが、すぐ笑顔に戻った。

「トウリが教えてくれたのですが。サールド・フィルド卿の〈アルバート王〉が人気の悲劇だとか。お読みになりましたか？」

「え、ええ」

　ナルキが頷く。

「初版を読みました」

「おお、お早い。ナルキどのは、悲劇もお好みで？」

「ん、んん！」

　フィルバード公爵が咳払いをする。

「リット一級宮廷書記官。重ねて言うが……」

「失礼。ナルキ様、でしたね」

　言葉だけでリットが謝ると、気にしないでくれ、とナルキが片手を挙げた。

「悲劇も好きです。ただ、一番に読むことができたのは、偶然ですよ」

「偶然と、おっしゃると？」

　リットと、壁際に控えるトウリの目が、不思議そうに瞬く。

　ナルキの口元が弧を描いた。

「新しく来た、ニーナ神殿付き書記官が、サールド・フィルド卿なのですよ」

「へぇ！」

リットが声を上げた。リットを驚かせたことに胸がすく思いなのだろう、フィルバード公爵が嗤う。

「ああ、そういえば」

ナルキが気づく。

「似ていますね」

「そのサールド・フィルド卿と私の作風が、ですか？」

リットの言葉に、ナルキは首を横に振った。

「いえ。容姿です。サールドもあなたと同じ、茶髪に翠目ですよ」

第11筆　インク屋の本棚

トウリは声を掛けられないでいた。

主人の歩幅が大きく、歩調が速いせいではない。

珍しく険しい表情で、リットが夕暮れの城下の街を歩いている。いつもと同じ小路に入る。

インク屋の看板。

「邪魔するぞ」

扉を開ければ、つけられた鐘がカランと鳴る。

「おや、リット様。いらっしゃいませ」

木製のカウンターの奥。くせのある黒髪の青年が顔を上げた。他に客はいない。

「クード。サールド・フィルドの書物はあるか？」

「はい、ありますよ」

突然の注文でも動じない。クードが奥の棚から三冊、本を取り出す。

「王の悲劇を描いた〈アルバート王〉、身分違いの悲恋を描いた〈サンロマスの恋人たち〉、伯爵家の没落を描いた〈嵐の荒野でダンス〉。多作ですね」

クードがカウンターの上に置けば、リットがすぐ手を伸ばした。丸椅子に座る。

「ちょっと、読ませてくれ」

「どうぞ。今、紅茶を淹れますね」

やっとトウリが追いつく。

「クードさん」

「ああ、トウリ。いらっしゃい。ちょうど紅茶を淹れるところです」

ちらっとトウリが主人を見た。丸椅子に足を組んで座り、書物に集中している。

ページをめくる手が速い。

翠の目がせわしなく文字を追っている。速読。あっという間に、二冊目を手に取った。

「紅茶を準備するのと、読み終わるのと。どちらが早いですかね？」

トウリに向けて、クードが苦笑した。


ことり、と木製のカウンターの上にカップが置かれる。赤琥珀の水色《すいしょく》から、湯気が立っている。

「うん。よくわかった」

そうリットが呟き、三冊目の本を閉じた。カウンターの上に積む。

「何がわかったんですか？　リット様」

「ん？　悲劇は現実で間に合っているということさ」

カップを持ち、リットが紅茶に口をつける。

「うん。うまい」

「よかったです」

ほっとしたように、クードが微笑む。

「西領のソラド産か？」

リットの言葉に、クードが目を丸くした。

「……さすが、ですね」

「正解？」

「正解です。いま、市場《しじょう》で人気ですよ」

ふーん、とリットが鼻を鳴らす。紅茶を飲む。

「悲劇も城下で人気か？　クード」

「そうですね。幸福な結末の〈白雪騎士物語〉も根強い人気ですが」

「悲劇ねぇ……」

木製のカウンターの上に、リットが片肘をつく。

「リット様」

「なんだ、トウリ。真剣な顔をして」

「僕はいつでも真剣です」

「そうか。それは知っていた」

気のない返事に、トウリが眉根を寄せた。

「――どうされたのですか？」

一拍の沈黙。

「どう、とは？」

翠の目が眇められる。

「なんだか、様子がおかしいです。店に来る時だって、考え事をしていました」

「俺だって考え事ぐらいするぞ」

「怖い顔で？」

トウリの切り返しに、リットは押し黙った。侍従の茶色い瞳が、真っ直ぐに主人を見つめる。

「フィルバード公爵のお屋敷で、ナルキ様にお会いしてから。様子がいつもと違います。どうされたのですか」

トウリが重ねて尋ねる。

「……どうもしていない」

リットが目を逸らした。

「はい、嘘」

きっぱりと断言したトウリに、クードがくすりと笑う。

む、とリットが唇を尖らせた。

「なんだ。笑うなよ、クード」

「ふふふ。すみません。やり取りが微笑ましくて」

クードがリットのカップに紅茶を注ぐ。

「何か、悩み事ですか？」

「……まーな」

リットが深く息をついた。

「私にお手伝いできることは、ありますか？」

クードの申し出に、束の間、リットは考える。

「そうだな……。ニーナ神殿について、知っているか？」

「フィルバード公爵の領地の近くの、月神《クーナ》を祀《まつ》った神殿ですね」

リットが頷く。

「近くに、閉山となったニーナ銀山がある」

「ああ、シンバルの国境近くの。銀が枯渇して……二十数年経ちますね。昔はニーナ神殿も、銀山とともに栄えていましたが。今は地方の貧しい神殿に落ちぶれてしまいましたね」

「そんな落ちぶれた神殿に、多額の寄付をする利点は何か？」

リットの問い掛けに、クードは手を口元に当てて考える。

「そうですね……、買収でしょうか？」

物騒な言葉が店内に響く。

第12筆　暗闇に月神の加護を

「うん？」

リットが城内の騒めきに首を捻る。

日が暮れた薄闇の中、回廊には蠟燭が灯されている。侍従や侍女たちの影が、せわしなく行き交う。

「これは、何かあったかな？」

リットの目配せに、トウリが頷く。壁の装飾掛布《タペストリー》の裏にある、使用人の通路に飛び込んだ。

程なくして、戻ってくる。

「リット様。ニーナ神殿の大神官、ノール様が王城に到着されたそうです」

「ほー。そうなると、また謁見の間か」

「はい」

「っと。その前に」

リットが薄闇に沈む庭に出た。

息を吸う。

「ジン！」

藍色の空に向けて、大声で叫ぶ。

「先に行っているぞ！」

庭に篝火《かがりび》を灯した衛兵が、何度とかと目を丸くする。

「よし。行こう」

満足げにリットは歩き出す。

「え……、聴こえるんですか？　あれで？」

「ジンはジンだから、大丈夫だ」

「友の扱いが雑ですよ、リット様」


謁見の間の大きな扉の前で。

「リット！」

ジンと合流した。

「おー、早かったな」

「あのなぁ」

文句を言いたそうなジンを、リットは片手で制した。

「小言はあとだ」

職位のマントを羽織っていても、扉を守るふたりの衛兵は長槍を交差させた。

「陛下より、謁見の間には誰も入れるなと、ご命令です！」

「ふーん。誰も入れるな、ねぇ」

リットが目を細め、ふたりの衛兵の顔を見て言う。

「近衛騎士団副団長でも、駄目か？」

「は、はい……」

ごくりと、衛兵たちが唾を飲み込む。申し訳なさそうに、ジンの顔を窺う。

「気にするな」

ジンが薄く笑う。

「お前たちは、お前たちの職務を果たせばいい」

「あ、ありがとうございます……」

ふたりの衛兵は、涙目になって長槍を戻した。

「中には誰がいる？」

ジンの疑問に、片方の衛兵が答える。

「陛下と、ラウル王太子様。ニーナ神殿のノール大神官様と、その付き人です」

「わかった。ありがとう」

ジンが引き下がる。リットとトウリも踵《きびす》を返す。回廊を戻り、角を曲がった。

リットとジンが目配せをする。

「月神《クーナ》だっけ？」

「ああ。そうだ」

ふたりして頷き合う。

「……何の話ですか？」

トウリが怪訝そうにリットを見上げる。

「あー、トウリ。声を出さないという約束ができるなら、ついて来てもいいぞ」

「え、ええ。約束できます」

首を傾げるトウリに、ジンが困ったように眉を寄せた。

「おれとも約束できるか？　口外しない、と」

トウリが首肯する。

「では。いざ」

何故かとても楽しそうに、リットが壁の装飾掛布《タペストリー》の裏へ身を滑り込ませた。ジンが後に続く。

「えっ」

トウリが慌てて自分の口を手で塞いだ。周囲を見回して、誰もいないことを確認する。

装飾掛布の裏へ飛び込んだ。

使用人通路ではない、狭い小部屋があった。三人で空間が一杯になる。

「げっ。夜だと余計にわからん」

リットが壁のレンガを撫でている。

「これだ」

リットの背後から、ジンが腕を伸ばす。迷いなく、ひとつのレンガを手で押した。月神の紋章が刻まれている。

がこん、と横の壁が開く。

「おー、さすが。暗闇でも見えるのか」

「まあな」

現れた隠し通路に、リットとジンが入る。

ジンがトウリに振り向いた。

「近衛騎士団の隠し通路だ。口外するなよ」

「い、いいんですか？　謁見の間に、続いているんじゃや……」

小声で呟くトウリに、リットが返す。

「誰も入るな、とは命令されていなかった」

「屁理屈……」

トウリがため息をついた。

第13筆　謁見の演劇

　謁見の間の玉座に、王が座っている。

　その階段の下、傍にはラウルが控えていた。

「――しかし、何故、今までナルキの存在を隠していたのだ？」

　ラウルがノール大神官に尋ねる。

「そ、それは……」

　ノール大神官の顔色は悪い。きょろきょろと目が泳いでいる。

「隠すつもりは、ありませんでした。ラウル様の生誕祭の前に、陛下へお目見えしようと思ったのですが……。私が、夏風邪を引きまして。報告が遅れてしまいました」

「ほう」

　ラウルの紫の瞳に、冷徹な光が宿る。

「オレが王太子になる前に、参上しようと画策していたのか」

「そ、そんな！　滅相もありません！　本当に――」

　ノール大神官が長々と、言い訳を口にする。その様子は、二階のバルコニーの柱の陰から覗くことができた。

「顔色は悪いな、ノール大神官」

ぽつりとジンが零す。

「心労じゃないのか？　どう見ても、身の丈に合っていない役を演じている」

はん、とリットが鼻で笑った。トウリは約束どおり、一切喋らない。

「ノール……」

ごほん、と王が咳払いをした。

「ノール大神官。お主の話はわかった」

「信じるのですか。陛下？」

珍しく不機嫌を隠そうともしないラウルの声に、王は首を横に振る。

「否。証拠がない。我が姉、イリカの子である証拠が」

「それでしたら、ナルキは、金髪に紫目です！」

ノール大神官が叫ぶ。もはや、悲鳴に近い。

「ノール大神官よ。六年前の事件を知らぬとは、言わせぬ」

王の厳しい言葉に、ノール大神官は口を噤んだ。

「あの偽物騒動ですか」

代わりに、ラウルが口を開く。

「確か。実権を握ろうとした一部の貴族たちが、金髪の青年を担ぎ出した一件ですね。幼心に、覚えております」

冷めた瞳で、ノール大神官を射る。

「結局、青年の目は紫ではなく、薄青でした。特殊な蠟燭の光の下でのみ、紫色に見えただけ――」

「ナルキは、ち、違います！」

王太子の言葉を、ノール大神官が遮った。

「あれは、本物です！　本物なのです！」

言葉を繰り返すだけで、一向に証拠を示そうとしないノール大神官に、ラウルは息をついた。

「どうされますか？　陛下」

「ふむ……」

王が咳払いをする。

「ノール大神官。王族を偽ることは、大罪であると承知しておるな？」

「ですから、ナルキは本物です！」

堂々巡り。王が首を横に振った。

「西領から馬車の移動で、疲れておるだろう。今宵は、王城で休むがよい」

「いえ！　ナルキの身が心配ですので、フィルバード公爵の屋敷で休みます！」

ぶるぶると体を震わせ、ノール大神官が言った。

ラウルが眉をひそめる。

「何を、怯えているのか？」

「ななな。なにも！　失礼い、いたします！」

逃げるように、ノール大神官が退出していった。

ラウルが天井を仰いだ。深く、息を吐く。

「……疲れました」

「で、あろうな」

くく、と王が喉の奥で笑った。

「偽物ですよね」

ラウルの問いに、王は答えない。玉座から立つ。

「どんなことがあっても。余は、余の決定を翻したりはせぬ」

「はっ」

ラウルが王へと頭《こうべ》を垂れた。

第14筆　星灯りの下で

王とラウルが退出すると、謁見の間には静寂が訪れた。

大窓からは、星々が輝く夜空が見える。

「うーん……」

窓越しに夜空を見上げ、リットが唸った。柱に背を預けている。

「何か、気にかかることがあるのか？　リット」

同じように柱にもたれたジンが訊ねる。

「ノール大神官の利益が見えん」

「利益？」

そー、とリットが頷く。

「こんな大芝居を打つからには、何かしらの利益があるはずだ。慈善活動で、己の首を懸けないだろ」

「まあな」

ジンが首肯する。トウリは壁際に控え、無言で首を捻った。

「ニーナ神殿へ多額の寄付があったとして。その見返りに適材を差し出す？」

「待て、リット。寄付？」

知らなかったらしい。ジンへリットが言う。

「フィルバード公爵から」

「わざわざ、西領の寂れた神殿に？」

「そう、それ。おかしいだろ。絶対、裏があると思うだろ」

「うーん……。貴族として当然のこと、と言われてしまっては、それまでだが」

「ジン」

リットの目が据わる。

「お前、その性善主義やめたほうがいいぞ。いつか騙されて、身ぐるみ剝がされて、国外に売り飛ばされるぞ」

「怖いこと言うな、友よ」

ひくりとジンの頰が引き攣《つ》った。

「忠告だ、友よ」

リットが睨む。うう、とジンが言葉に詰まる。

「――それは、経験談かい？」

艶のある低い声が響いた。

ジンが長剣の柄に手を置く。リットが身構える。

二階のバルコニーの向こうから、男が歩いてくる。悠然とした足取り。やや長めな茶髪に、整った顔立ち。両手に白い手袋。

特徴的な――翠の目。

「やあ。久しぶりだね、リット」

星灯りに照らされた、その顔が瓜ふたつ。

ジンとトウリが、リットを見た。

「……こんなところで、何を、企んでやがる」

リットの表情が歪む。

「サフィルド！」

「おや、口の悪い子だ。実の父を呼び捨てにするとは」

サフィルドが嗤う。

第15筆　言葉の毒

　サフィルドが目を細めた。

「そっちは、ジンかい？　大きくなったなぁ」

　しみじみと言われ、ジンは反応に困る。

「灰青《かいせい》の瞳。ゼンとよく似ている」

「父を……知っているのですか？」

「うん。我が友だったよ」

　自ら口にした過去形に、サフィルドの目が僅かに陰る。

「おい、ジン」

　リットの声が険しい。

「こんなヤツに敬語を使うな。口が腐る」

「いや、しかし……。お前の父君だろう？」

「それは事実」

「なら――」

「だが！　彩色だけしか、恩は感じていない！」

びし、とリットが指を差す。

「お前のせいで、俺はニンジンが嫌いになった！」

「え、嘘？」

サフィルドの目が丸くなる。

「本当だ！」

「えー？　小さい頃は普通に食べていたじゃん」

「毎食毎日ニンジンを食わされてみろ！　嫌いになるわ！」

「仕方ないだろう。お金がなかったんだから」

白い手袋をした左手で、サフィルドは頭を掻く。

「でも。十歳ぐらいになったら、お前、短弓を覚えて、山鳥や兎を仕留めてきただろう？　毎食ニンジン期間は、そんなに長くなかったはず」

ジンとトウリが憐れみの視線を投げた。

「ふざけるな！」

恨みのこもった声で、リットが叫ぶ。

「大体、何でもかんでも、ややこしくしやがって！　スコット家ご令嬢との文通や、シンバル第二王女の手紙代筆！　覚えていないとは、言わせない！」

「うん、うん。覚えている。大丈夫だ」

「大丈夫じゃねえ！」

リットがジンの背を叩く。

「行け、ジン！　あれが諸悪の根源だ。叩き斬れ！」

「……親子喧嘩に、おれを巻き込むなよ」

ジンが長剣の柄から手を離す。

サフィルドが胸の前で腕を組んだ。

「と、いうか。どうするんだ、お前？」

「何が」

噛みつきそうな目で、リットがサフィルドを睨む。

「俺に対して口が悪いのは、横に置いておいて」

「恩着せがましい」

おや、とサフィルドが小首を傾げる。

「恩にカウントしてほしいのかい？」

「ぐっ。……揚げ足取りは醜いぞ」

「うん。アゲアシドリという瘤《こぶ》を持った鳥がシンバルにいるねぇ。食べられないけど」

「どうでもいい！」

「お前が言ったんだろう？」

非難がましく言うサフィルドに、リットは頭を抱えた。

「……おれの頭痛と胃痛の気持ちがわかったか？」

ジンが呟く。

「ああ。わかりたくなかった」

「おい」

ふたりのやり取りに、サフィルドが小さく笑う。

「いいなぁ。俺とゼンも、そんな感じだったよ」

「思い出に浸るのはひとりでしろ」

険しいリットの言葉に、サフィルドは肩をすくめた。

「手厳しいね。それで、話を戻すけれど」

サフィルドの目に、鋭い光が宿る。

「王姉の遺児を名乗る青年が現れた。いいのかい？　リット」

「お前は、フィルバード公爵《こうしゃく》側だろう」

ふっとサフィルドの口元が緩んだ。

「さぁね」

懐から小瓶を取り出す。中の液体が星灯りに揺れる。

「早くしないと、これの出番になっちゃうよ？　飲めたものじゃ、ないけどね」

サフィルドが小瓶を振った。

「王と王太子。ふたりが居なくなったら、誰が得をする？」

リットが息を呑む。

「――させるか！」

ジンが動いた。長剣を鞘に納めたまま、振るう。

「おっと」

サフィルドが身を翻す。避ける。

「さすが、灰青の牙《ジキタリア》。動きが早いね」

至近距離で、サフィルドの翠と目が合う。

「君は、あと何年生きられるのかな？」

「ジン！」

リットの声に、ジンは飛び退いた。鞘に収まった短剣が襲う。

「おお、避けられた」

右手に短剣を持ったサフィルドが嗤った。

「何！」

斬手されたはずの右手がある。

「義手だよ」

驚くジンに、サフィルドが告げる。

「その様子じゃ、知っているみたいだね。リットが王姉《イリカ》の子だと」

ジンが眼差しを尖らせる。

「正直者だね」

サフィルドが小瓶を投げた。ジンが掴み取る。

「君にあげるよ。使うといい」

「毒などに用はない」

「ふふ。面白いことを言うね」

サフィルドが短剣を腰に差す。

「俺はひと言も、毒なんて言っていないよ」

「なっ！」

ジンが驚き、その手の中の小瓶を見た。蓋を開ける。インクの香り。

「ニーナ神殿付き書記官、サールド・フィルドで通っているから」

サフィルドが踵を返す。

「よろしく、若者たち」

振り返らずに、去っていく。

第16筆　星々が見ている

夜の帳《とばり》が下りて。

書物を小卓に置いたナルキは、懐から点眼薬を取り出した。上を向き、差す。瞬きをしていると、廊下に慌ただしい気配。点眼薬を懐に戻す。

「ナルキ！」

唐突に扉が開いた。

「これは、これは。ノール大神官様。王都にお着きになったのですね」

「王は、お前を、疑っているぞ！」

唾を飛ばすノール大神官に、ナルキは眉をひそめた。

「それは、最初から予想されたことでしょう。王へ、説明申し上げたのですか？　今まで隠していたのではなく、状況を見定めていたと」

「あ、ああ……」

「ニーナ神殿の窮状《きゅうじょう》も？」

「それは……」

ナルキがため息をついた。

「駄目じゃないですか」

諭すように、ナルキが言う。

「二十数年前は栄えていた。だから、ノール神殿に預けられた。しかし、ニーナ銀山が枯渇して、状況は悪化。神殿の維持もままならなくなった。この教訓を生かして、他の銀や岩塩が枯渇する前に、貨幣に換えなければならない――」

ぎこちなく、ノール大神官が頷く。

「財貨があれば、民を救える。国が栄える。そのことを伝えるために、ぼくは姿を現したのですよ？」

「ああ。わかって、いる」

「しっかりしてください。ノール大神官」

ナルキが彼の横に並び立つ。

「あなたはもう、こちら側なのですから」

篝火が燃える庭園のベンチで、リットは夜空を見上げていた。

月はなく、星々が輝いている。

「ここにいたのか」

リットが視線だけで見る。ジンが小さな籠を持っていた。パイと肉の匂いがする。

ジンがリットの隣に座った。

「トウリは？」

「今日の執務は終了。侍従詰所に帰った」

「そうか」

ジンが籠から包みを取り出し、リットに渡す。油紙に包まれた、温かなミートパイ。

「ニンジンが入っているのに、どうしてミートパイはうまいんだろうな」

油紙を剝いて、リットが齧《かぶ》りつく。

「細かく刻まれて、他の野菜と味がなじんでいるからじゃないのか？」

「正論」

もぐもぐとリットは口を動かす。その横で、ジンもミートパイに口をつけた。何層ものパイ生地に、野菜と挽肉のソースが包まれている。野菜の甘味、肉の旨味。食べ終えれば、腹が温かくなった。

ふたり分の油紙を籠に片付け、ジンがカップに紅茶を注ぐ。リットへカップを渡した。

紅茶を飲んで、ひと言。

「……濃い」

「文句言うな」

ジンが自分のカップに口をつける。

「西領のソラド産だろ？」

「そうなのか？　厨房で適当に淹れた」

リットが息をつく。

「お前、変なところで雑だよな」

「リットは、意外なところで繊細だよな」

ジンの言葉に、リットが口を噤む。

「落ち込んでいるだろう？」

ふるふる、とリットが首を横に振った。

「嘘をつくな」

「……嘘、じゃ、ない」

かすれた、小さな声。

「少し、頭の中の、整理ができないだけだ」

「父君のことか」

リットは動かない。首肯もしない。

ジンがリットの頭に片手を置いた。わしゃわしゃと撫でる。

「おい、やめろ！」

強引にジンの手を振り払う。

「それぐらいの元気があれば、大丈夫だな」

ジンが微笑んだ。

む、とリットは唇を尖らせる。

「そういえば。どうして、髪を伸ばしているんだ？」

リットの三つ編みを、ジンが手に取る。毎朝、自分で編んでいるらしい。

「俺の隠し財産」

「隠せていないが」

ふん、とリットが鼻を鳴らす。

「人毛は売れるんだ」

「売れる――」

灰青《かいせい》の目が丸くなった。

「う、売るのか？」

「今のところ、売る予定はないな。ただ、一文無しになったら、売る」

「こんなに美しいのに。もったいない」

ジンがため息をつく。

　リットが頭を振って、ジンの手から三つ編みを逃がした。

「そういう台詞は、シンバルの女騎士どのに言え。ジン」

「シズナどのを巻き込むな」

「ほー」

　翠の目が輝く。

「俺はひと言も、シズナどのとは言っていないんだが」

「ぐっ！」

　にやりと、リットが嗤う。

第17筆　優しい悪夢

――こうして、かわいそうな羊は、狼に食べられてしまいました。おしまい。

ぱちり、と暖炉の薪が爆《は》ぜた。

――ねえ。どうして狼は羊を食べてしまったの？　せっかく、友達になれたのに。

――いいかい、リット。

大きな左手が、頭を撫でる。

――この世の根源は、絶望なんだよ。


はっと目が覚めた。

一瞬、意識が混乱する。薄闇に見えたのは、ぼろ屋の天井――ではなく、手の込んだ造り。銀の装飾。

王城の私室、寝台の上。

窓の向こうには、しっとりとした闇が張りついている。夜明け前。

ゆっくりと、リットは体を起こした。青い闇の中で、呼吸を整える。寝汗がひどい。

「……くそ」

片手で顔を覆い、しばらく動かなかった。


「珍しく、憂鬱《ゆううつ》な顔で紅茶を飲んでいますね。リット様」

朝陽が差し込む執務室で、トウリが自分のカップに紅茶を注いだ。

「どうか、されましたか？」

「……強いて言えば、何も言ってこない侍従が怖い」

トウリが紅茶のポットを小卓に置く。

「陛下の亡き姉君、イリカ様のご子息ということですか？」

「そー。それ」

窓辺に立ち、外を見る――フリをして、リットはトウリと視線を合わせない。

「別に。興味ないので」

「ひどいな！」

思わずリットが振り返れば、真剣な茶色の瞳があった。

「リット様は、リット様です」

トウリが言う。

「紅茶が好きで、働くのが嫌いで。人をからかって、でも、真実を見ている」

茶色の瞳は、揺らぐことがない。

「一級宮廷書記官、兼、宮廷書記官長補佐。高い職務に就いているくせに、奢《おご》らない。爵位なしだろうと、王家の血を引いていようと――」

トウリが笑った。

「僕の、たったひとりの、ご主人様です」

主人《リット》の目が大きく見開かれた。

零れ落ちそうになる、翠。

「さあ、リット様。今日も働いてもらいますよ？」

手のひらで、トウリが執務机を示す。

「……いやぁ、優秀な侍従を持って、俺は幸せだなあ」

微笑み、リットが紅茶を飲む。

第18筆　王の不調

「リット様！」

ノックを忘れて、執務室にミズハが飛び込んできた。

ミズハの慌てぶりに、リットの顔から表情が抜け落ちる。

「何があった？　ミズハ二級宮廷書記官」

感情のこもらない声に、ミズハと控えていたトウリがびくりと体を震わせた。

「へ、陛下が……体調を崩されました」

「何？」

「熱と咳です。寝室でお休みになり、王妃様が看病されていますが――」

ミズハが言い終わらないうちに、リットが席を立つ。職位のマントを羽織り、白鷺の三枚羽根を胸に留めた。

「行くぞ」

「はい」

トウリが頷く。

リットとトウリが廊下に出れば、ミズハの声が飛んだ。

「お、お待ちください！」

「何だ？」

素晴らしい歩幅を披露するリットに、ミズハは駆け足になる。

「陛下が、人払いをされています！」

「だろうな」

あっさりと認めて、それでもリットは足を緩めない。

「リット様」

小走りで並走しながら、トウリが心配そうに見上げる。

「呼ばれてもいないのに。陛下に謁見はできませんよ」

「行けばわかるさ。何事も」

長い回廊を抜けて、王城の奥へと進む。出会う政務官たちが、全員リットに道を譲った。城内を守る衛兵たちが頭を下げる。貴族たちがたむろしている。

回廊から続きの間に入る。侍従たちがせわしなく行き交う。

王の居室、その手前の控えの間で、衛兵に行く手を遮られた。

「申し訳ございません、リット一級宮廷書記官様。お通しできません」

長槍が進路を阻む。

「今、寝室に誰がいる？」

鋭い翠の光に気圧されて、衛兵の顔が強張る。

「王妃様か？」

「お、王妃様と。ユヅキ一級宮廷医薬師様が、診察中です」

「ふーん」

リットが呟き、大人しく引き下がった。ほっと、衛兵が息をつく。

微かに扉の開く音がした。

退出の言葉が聞こえる。ほどなくして、ユヅキが姿を現した。ひとつに結った、その茶色の髪は、以前より短い。

「おや、リット。サボり？」

「ユヅキどのの出待ちをしておりました」

胸に手を当て、リットは芝居がかった仕草で貴族礼をする。

「へぇ。私の熱烈な信奉者《ファン》だったとは、知らなかったよ」

「俺以上に、ユヅキどのとお話ししたい貴族《ファン》たちがいます」

「だろーね」

ユヅキが手で頭を掻いた。

「医薬室まで、お送りしますよ」

微笑むリットに、ユヅキが意図を覚《さと》る。このまま回廊へ出れば、貴族連中に囲まれ、王の容態を根掘り葉掘り聞かれることは必至。

「お願いしようかな？　騎士どの」

「では、参りましょう。淑女《マダム》」

ふたりのやり取りに、ミズハが目を丸くする。

トウリが小さく肩をすくめた。

第19筆　壁の裏で悲劇の話

「こんな、隠し通路があったんだ……」

ミズハが驚嘆の言葉を零した。

「侍従や侍女たちの通路です」

先頭のトウリが答える。

続きの間の柱の陰、垂れ幕の裏に通路の入り口はあった。足元は平らなレンガ敷きで歩きやすい。等間隔でくり抜かれた明かり取りの窓が並び、暗くはない。

たまに侍従とすれ違う。

相手はユヅキ、ミズハの姿にぎょっとなるが、リットが笑顔で「やあ」と声を掛けると、諦めたように微笑んだ。

「探検ですか？　リット様」

「うん、そう。内緒で頼む」

「かしこまりました」

次にすれ違ったふたりの侍女は、何も言わなかった。くすくすと笑い合い、リットへ頭を下げる。

「愛されているねぇ、リット」

ユヅキが呟く。

「働く人の味方、宮廷書記官ですからね」

「恋文代筆か」

一発で看破された。

「私も、頼もうかな？」

「ディエス団長宛ですか」

「そー。長い小言は勘弁してくれって」

ユヅキがひとつに結った髪を手に取る。短くなった毛先。

「怒られました？」

彼女がリットへ頷く。

「ジンの目撃証言も伝えたけどね」

「ディエス団長どのは何と？」

「やっぱり、物理的な証拠がないとダメだって」

「そうですか」

うーん、と唸るリットをユヅキが横目で見る。

「リット」

「はい？」

「ナルキが偽物だと、一発で証明できる方法がある」

「ほう」

翠の目が大きくなる。

「……ユヅキどのは、偽物とお思いで？」

彼女が首肯した。

「だって。ザイール様は、衆人環視の中で暗殺なんてしない」

強い声音に、トウリは胸を打たれた。

上司に対する、深い信頼――。

「やるなら、就寝中の心臓発作だと思われるように、こっそり暗殺するぞ？」

違った。

トウリは、がくりと膝から崩れ落ちそうになる。

「こ、こわい……」

思わず呟くトウリに、ユヅキは鼻を鳴らした。

「宮廷医薬師をなめるなって話」

ユヅキが不満そうに頬を膨らます。

「それに、おかしい。謁見の間の一件から、私も含めて、誰も宮廷医薬師をナルキに近づけさせない」

「フィルバード公爵が、ですか？」

「そう」

リットとトウリが目を合わせた。宮廷医薬師と会わせない彼に、会っている。

「……なめられているのは、俺かもしれないな」

「何が？」

リットの呟きを、ユヅキが拾う。

「いえ、お気になさらず。……っと、話の途中でしたね」

リットが微笑む。が、その目は笑っていない。

「それで。一発で偽物と証明できる方法とは？」

「〈悲恋の塔〉の話は知っているか」

「まあ」

曖昧に答えるリットに、ミズハが口を開く。

「陛下の姉君、イリカ王女のことですよね？」

確か、とミズハが続ける。

「役人との身分違いの恋。先王に恋人との仲を引き裂かれ、失意のうちに夏の離宮——恋人と過ごした塔から身を投げた」

そうそれ、とユヅキが頷いた。

「イリカ王女の遺児が生きている、という噂は前からあった」

「もしかして、ユヅキ様」

ミズハが顔を強張らせる。

「ナルキ様が偽物だと、一発で証明できる方法って……」

「そう。本物の遺児が現れること。まあ、生きていたらだけどね」

リットの足が止まった。

第20筆　役目を果たすその時は

医薬室に戻る途中で、ミズハとは別れた。

「さて」

奥の部屋、散らかった大机の上の物を、ユヅキが雑にどかす。

「紅茶を淹れよう」

「あ、僕やります」

トウリが挙手した。

「そう？　悪いね」

ユヅキが部屋の棚を指差す。

「カップとポットはあっち、茶葉はここ。湯は沸かすよ」

「わかりました」

無駄のない手際で、トウリが紅茶の準備をする。その間に、ユヅキが水の入ったビーカーをオイルランプに掛ける。くつくつと気泡が沸く。

リットは椅子に座り、大机に頬杖をついた。

「何か物思いかい？　リット」

「そうですねぇ」

翠の目は、宙を睨んでいる。

「なーんか、引っかかっているんですよねぇ」

「何がって、何が？」

「ユヅキどのには、ありませんか？　違和感」

疑問を質問で返され、ユヅキが目を見張る。ただ、自身を見つめるリットの目の真剣さに、考えを巡らせた。

「私の違和感は……王妃様が陛下の傍から離れない、ということかな」

「献身的じゃないですか」

リットの言葉に、ユヅキが首を傾げる。

「朝からずっと、だぞ？」

「陛下の容態が悪いのですか？」

「いや。普通の夏風邪。栄養を摂って、安静にしていれば治る。ずっと付き添う必要はない」

「普通の夏風邪ではなければ？」

リットの問いに、ユヅキが口を閉じた。沈黙が満ちる部屋に、くつくつと湯が沸く音がする。

「……もし、毒を盛られていたら」

彼女が静かに言う。

「このままだと容態は回復しない」


「……王妃よ」

寝台からの呼びかけに、王妃が微笑む。

「はい、陛下」

「……朝から、ずっと付き添っておるだろう」

「ええ。ご迷惑でしたか？」

王妃が首を傾げれば、王が咳き込んだ。

「水をお飲みになりますか」

「……いや、よい」

熱にうなされても、王の紫の瞳は鋭い光を宿している。

「……余は、大事ない。お前も、少しは休め」

「あら。お優しい陛下」

ふふふ、と王妃が笑う。

王が睨む。

「……休め」

「わたくしは大丈夫です。陛下こそ、お眠りになられては？」

それとも、と王妃が続ける。

「お傍にいては、気が休まらない？」

「……どう、だかな」

王が唇を歪めた。笑おうとしたのだろうが、咳き込む。

「お前に、夏風邪が、うつると、困る」

王妃の目が丸くなった。

「どうして、困りますの？」

「お前が余の妃だからだ。アルシア」


寝室を後にした王妃は、控えの間で椅子に座っていた兄の姿に、足を止めた。

「フィルバード公爵」

彼が眉間に皺《しわ》を寄せる。

「ふたりきりの時は兄でよい。アルシア」

「ふふふ。これは失礼しました。お兄様」

フィルバード公爵が椅子から立つ。

「陛下の容態は、どうだ？」

「熱と咳。ユヅキ一級宮廷医薬師の診察では、夏風邪とのことです」

「ふむ、ノール大神官も、王都に来る前に体調を崩したそうだからな」

「いやだわ、お兄様」

王妃が微笑む。

「ノール大神官は、陛下より二十も年上ですよ。四十半ばの陛下を、ご老人扱いしないでくださいまし」

「しかし。世の中には、夏風邪をこじらせてしまうことだってある」

フィルバード公爵の青い瞳が剣呑《けんのん》に光る。

「ユヅキ一級宮廷医薬師がおります」

王妃が言い返せば、フィルバード公爵は首を横に振った。

「だが、ザイール宮廷医薬師長はいない。小娘に何ができる？」

「お兄様ったら。ユヅキも有能な宮廷医薬師で、淑女です。小娘ではありませんわ」

「アルシア」

フィルバード公爵が王妃の手を取った。

王妃が目を瞬かせる。

「フルミアのためなのだ。フィルバード公爵家の者として、務めを果たせ」

彼女の手に、小さな瓶を握らせる。

第21筆　長い小言、その先の閃き

大部屋へ向かえば、セイザン宮廷書記官長が笑顔で待っていた。

「さっき、ラウル殿下の使いの者が来てね。部屋に来い、だそうだ」

ひくり、とリットの顔が引き攣る。

「こんな時に呼び出すなんて。何の用ですかね？」

「さあ」

セイザンが首を傾げる。

「何はともあれ、行けばわかるよ。何事も」

「……そーですね」

ため息ひとつ。リットは踵を返した。

いくつもの回廊を抜けて、何人もの侍従とすれ違い、何度も衛兵たちに頭を下げられながら、第一王子の執務室にたどり着く。

扉をノックすれば、入室許可の声。

「リット様。お待ちしておりました」

「やあ。ヤマセ」

黒髪の青年侍従が頭《こうべ》を垂れる。執務室内には、部屋の主の他に、逞しい騎士が控えていた。

「ディエス団長どの」

リットの目が丸くなる。近衛騎士団団長がいるとは。

「バッタリ偶然……、というわけでは、ありませんね」

リットへディエスが頷く。

「護衛だ」

「近衛騎士団団長どのが、直々に」

困ったように、ディエスが手で短い髪を掻いた。

「知っているだろう、リット。陛下が体調を崩されたことを」

「ええ」

ディエスの目が鋭く光る。

「この機に乗じて、不届き者が現れるかもしれない」

「陛下と殿下がいなくなれば、得する方々がいらっしゃいますからね。現に、ラウル殿下は厄災を招く魔書を贈りつけられましたし」

リットが肩をすくめた。

「お前も、得をするひとりか？　リット」

執務机に片肘をついて、ラウルが睨んだ。

「まっさかー」

満面の笑みをリットが浮かべる。

「主従契約がなくなって、悠々自適な代筆屋に戻れる！　……なーんて、思っていませんよ」

ラウルの眉間に皺。

「リット……」

深く、ディエスが息をついた。

「いくらラウル殿下に見出された書記官といえども。一級宮廷書記官の肩書を与えられたのだぞ？　爵位なしだが、高い職位には変わりない。それ相応の言動を――」

「申し訳ない。ディエス団長どの」

頭を抱えて、リットが手で制した。

「長い小言は、ジンで間に合っています」

「む……。失礼した」

くく、と喉の奥でラウルが笑う。

「そのジンが先日、謁見の間で、面白いものを見たそうだな？」

ラウルが椅子の背にもたれた。

「ザイール宮廷医薬師長と、フィルバード公爵」

「お耳に届いているとおりです」

リットが胸に手を当てた。軽く頭を下げる。

――宮廷医薬師長の白衣に毒針が仕込まれていたフリをして、フィルバード公爵が自分の袖口から取り出した。

「だが、証拠がない」

ディエスが口を挟む。

「おや。ディエス団長どのは、副団長の言葉を信じない？」

「そうではない、リット」

ディエスが首を横に振る。

「卓越した身体能力を持つ、灰青の牙《ジキタリア》。その灰青《かいせい》の目を、私は信じる」

「だが、証拠がない」

ディエスの言葉を、リットが繰り返した。ディエスが頷く。

「証拠……です、か」

ふっと、リットの目がラウルを見た。

第一王子。

王太子。

魔書。

「何だ？」

怪訝そうに尋ねるラウルに、リットは満面の笑み。

「違和感。そういうことか」

反対に、ラウルは不機嫌な声。

「何か気づいたのなら、言え」

「ラウル殿下」

リットが執務机に近づく。

「陛下の体調回復を願って、ノール大神官とナルキどのに、儀式を行ってもらいましょう」

第22筆　毒も薬も紙一重だから

「ユヅキどのはいるか？」

医薬室をリットが訪れた。傍らに荷物持ちとして控えるトウリは、緊張の面持ち。

「はい……、いらっしゃいます……」

青白い顔をした、年若の青年が奥の部屋を指差す。

「邪魔するぞ」

すれ違いざまに、リットは青年の肩を叩く。

「絶望するには、まだ早い」

「ですが……、ザイール様は、まだ牢の中です」

「でも墓の中じゃない」

リットが不敵に笑う。自信に満ちた声に、青年が目を見開いた。

「ユヅキどの。邪魔するぞ」

「どうぞ、入ってー」

奥の部屋には、薬草の青臭い匂いが充満している。

「今度は何ですか？」

「んー？　点眼薬」

　オイルランプでビーカーを熱しながら、ユヅキが答える。視線はビーカーに注がれたまま。

「六年前の偽物は、特殊な蠟燭の光のもとで、瞳の色が紫色になったんだけど。今回は、昼夜場所問わず、紫だからねー。難しいねー」

「おや。一級宮廷医薬師どのでも、難題ですか」

　含みのあるリットの言葉に、ユヅキの眉が跳ねた。

「……リット」

　ユヅキが顔を上げる。緑と翠の視線がぶつかる。

「何か、摑んだな？」

　リットの唇が弧を描いた。トウリを見る。

　ユヅキへ、トウリが持っていた物を差し出した。革の装丁、表紙に描かれた摩訶不思議な文様。

「魔書？」

「所有しているだけで、厄災を招くという、物騒な代物です」

「どうして、リットが持っているんだ？」

　魔書を受け取り、ユヅキがぱらぱらとページをめくる。

　悪魔を召喚する魔法陣をはじめ、猫を使い魔にする方法、若返り薬の作り方、翼の生やし方、他者に変身する薬の材料、瞳の色を変える薬、ドラゴンの乗り方、一角獣の繁殖方法、嫌なやつを転ばせる魔法、などが書かれている。

「本当は、ラウル殿下に贈りつけられたのですが。俺に押しつけやがりました」

「なるほど。贈り主は」

リットが首を横に振る。

「さあ？　国内の貴族の誰か、としかわかりません」

「贈り主は判明しているようなものだろ」

彼女の鋭い目が、リットを射る。

「魔書は希少書。高価な書物。これだけ状態の良い魔書だ。金貨の価値がある。財力がないと手に入れられない」

ユヅキはページをめくる手を止めた。

「所有しているだけで、厄災を招く。生ぬるい方法だが、政敵を蹴落とすには、証拠が出ない方法だ」

「ラウル殿下がいなくなれば、得をする人物。と、お考えで？」

「お前も同じ考えだろ」

リットはわざとらしく肩をすくめた。主人の様子に、トウリが冷ややかな目で見る。

「それで？」

ユヅキが微笑んだ。

「もしかしなくても。私に、これを作れと？」

彼女が、薬の作り方のページをリットへ見せる。

「そのとおりです」

「ふーん。色は、紫だね」

とんとん、とユヅキがページを指で叩いた。

記されているのは、瞳の色を変える薬の作り方。

第23筆　祈りのその前に

「夜通し、月神《クーナ》へ祈りを捧げる……」

ナルキの呟きに、そうだとノール大神官が頷く。

「陛下の体調回復を願ってだ。断るわけにもいかない」

「どなたの発案ですか？」

客間の椅子に座る、フィルバード公爵が顔をしかめた。

「ラウル殿下だ。同席もする」

「フィルバード公爵」

ナルキの声が尖る。

「これは、夜に一度、点眼しないと効果がないのです」

ナルキが懐《ふところ》から点眼薬を取り出す。小指ほどの、黒い小瓶。

「わかっている」

フィルバード公爵が眉間を険しくした。

「儀式の前に、差せばよかろう」

「そうですね。……身辺には、今以上に護衛をつけてください」

「わかった」

椅子から立ち、フィルバード公爵が窓辺へ移動する。夏盛りの庭を見下ろす。セルランタの青い小花が見えた。

蜜を求めて蝶が舞う。


夕刻、ナルキは王城で湯浴みをする。

広い大浴場に、ため息が出る。五十人は入れそうな湯舟。豊かな湯量。ドーム形の天井は高く、湯気に霞む。天窓から降る陽光で、茜色に染まっていた。

――ニーナ神殿とは違う。

殺意にも似た黒い感情に、ナルキは息を吐く。

湯舟を出て、湯衣《ゆごろも》の上から体を拭く。脱衣の間に移動すれば、黒髪の青年侍従が待っていた。ナルキの湯衣を脱がせ、丁寧な手つきで体を拭いていく。

衣を纏《まと》い、ナルキは続きの間に案内された。長椅子に、神官の儀式の衣が揃えられている。

「私の着ていた服はどうした」

「はい。こちらにありますよ」

青年侍従が壁のクロゼットを開けた。服が吊るしてある。

「お気に入りのお召し物ですか？」

「ニーナ神殿の窮状は、知っているだろう」

穏やかな表情を崩さず、青年侍従が頷いた。

「たがか服一着、と思うだろうが、贅沢《ぜいたく》はできない身でね」

白々しい言葉を口にしながら、ナルキはクロゼットに近づく。上着に触れる。懐の、僅かな膨らみ。命綱である点眼薬が入っていることに、安堵した。

「物を大切にする御心。さすが、月神《クーナ》に仕える神官様でございます」

青年侍従が頭を下げる。

自嘲的な笑いがナルキの顔に浮かんだ。

「君、名前は？」

一瞬、青年侍従が目を見張る。

「ヤマセと申します」

「覚えておくといい、ヤマセ」

ナルキは彼を一瞥《いちべつ》した。

「私は神官見習い、だよ」

――それで終わるつもりはないが。

続く言葉は、胸の内で呟いた。

第24筆　いざ、立てよ礼拝の間へ

身支度を済ませたラウルが、仕事の報告書を読んでいると、私室の扉がノックされた。

「タギ・スコット統括官です」

「入れ」

改修中の夏の離宮から馬を飛ばして来たらしい。一応は整えたのであろう金髪が、僅かに乱れている。彼の紫の目には、焦りが浮かぶ。

「ラウル殿下。陛下の容態は――」

「タギ」

ラウルが言葉を遮った。

「ふたりきりの時は、兄上でいい」

「ありがとうございます。兄上」

王族から臣籍降下しても、同腹の兄弟には変わりない。

「父上の容態は?」

「夏風邪だ。母上とユヅキ一級宮廷医薬師がついている」

「ユヅキどのが?」

タギが首を傾げた。

「ザイール宮廷医薬師長では、ないのですか」

「聞いていないのか？　ザイールは投獄された」

「何故ゆえ！」

驚くタギへ、ラウルは今までの経緯を説明する。王姉の遺児を名乗るナルキが現れたこと。彼の暗殺を企んだとして、ザイールが投獄されたこと。

王の体調回復を願って、夜通し儀式を行うこと。

「ナルキという男が〈彩色の掟〉……、我らと同じ金髪に紫目なのですね？」

「そうだ」

「ラウル殿下」

タギが床に膝をつく。

「私も、儀式に同席させてください」

真摯《しんし》な弟の目が、ラウルを映す。

「同席して、どうする？　お前に王族の真贋がわかるのか？」

「わかりません。けれども、行けばわかる、見ればわかることもあります」

じっとラウルはタギの目を見返す。同じ紫の瞳に宿る、強い意志。

「……スミカは息災か？」

「え？　ええ、はい」

唐突な伴侶の名に、タギは動揺する。

ラウルの唇の端が吊り上がった。

「立て、タギ・スコット統括官。儀式への同席を許可しよう」

「ありがとうございます！」

破顔した弟に、幼さはなかった。


控えの間に、ふたりの騎士が現れた。

「近衛騎士団所属、タルガです」

「同じく、ユーリです」

黒髪の騎士タルガ、茶髪の騎士ユーリが揃って、椅子に座るナルキへ頭を下げた。ナルキの表情が曇る。

「ディエス団長は、どうされたのだ」

「陛下のお傍に」

タルガが答えた。

「ナルキ様とノール大神官様の御身を、我らふたりがお守りいたします」

優雅な物腰で、ユーリが騎士礼を取った。

ナルキとノール大神官が顔を見合わせる。

「フィルバード公爵は、いずこに」

ノール大神官が不安げに目を泳がせた。

「フィルバード公爵様は、先に礼拝の間でお待ちです」

答えたタルガが微笑む。

「若造ふたりで心もとないかもしれません。しかし、ディエス団長の命令を受けております」

ユーリがタルガの言葉を引き継ぐ。

「それに、ご安心を。礼拝堂にはジン副団長が控えております」

「国内随一の剣の腕を持つ、〈剣の鷲大狼《グリフィネール》〉――ラウル殿下のお傍に、か」

ナルキの呟きに、ユーリが首肯する。

「さあ、参りましょう。日は沈み、月が昇ります」

ユーリの言葉に、ナルキは椅子から腰を上げた。

第25筆　内緒の内職

左右の大窓に、夜闇が張りついている。

無数の蠟燭が灯されていても、遥かに高い天井まで光は届かない。石造りの柱が並び、静謐な空間を支えていた。

正面の大きな円形の窓の向こう。

満月が輝いている。

外陣には、貴族や高位の政務官たちが椅子に座っている。その頭上にフルミアの青い旗。国章の鷲大狼——鷲の上半身に狼の下半身を持った神獣が、銀の糸で刺繡《ししゅう》されていた。

内陣から、朗々とした祈り。

白地に銀の装飾が施された、豪華な衣を纏ったノール大神官が聖句を唱える。月神《クーナ》の加護を請《こ》う。ノール大神官の祈りに合わせて、傍らに控えたナルキがハンドベルを鳴らす。カラン、と澄んだ鐘の音が高い天井に吸い込まれる。

声を潜めたリットが、隣の席のセイザンに打診する。

「……眠気覚ましに、内職してもいいでしょうか？」

「……恋文代筆かい？」

「……ええ。まあ」

「……本職の、儀式記録はどうするんだい？」

「……慣例どおりでしょう？　ノール大神官がミスらなければ、慣例どおり書いておきます」

「……宮廷書記官たちに、手本の飾り文字を書く条件で、許すよ」

にやっとリットが笑う。

「……ありがとうございます」

小声でも、耳の良いジンには聞こえていたようで、目が合った。

——寝るなよ。

ジンの口が動く。

——お前もな。

リットが言い返す。


正面の窓の向こう、空が白み始めた。

ルーリリリ、と鳥の鳴き声が微かに聴こえる。

ノール大神官がナルキを見た。彼が頷き、ハンドベルを激しく鳴らした。うたた寝していた貴族の何人かが、はっと目を覚ます。

「月神《クーナ》の守護よ、永久《とこしえ》に。銀雪の国《フルミア》よ。栄え給え、輝き給え！」

ノール大神官が叫ぶ。それは儀式終了の言葉。

しん、と礼拝の間が静まり返る。ゆっくりとした足取りで、ノール大神官が退出した。ナルキもその後に続く。

一気に、礼拝の間の空気が弛緩した。

ラウルが席を立ち、ジンとともに控えの間へ移動する。タギも兄の後を追う。

「お疲れさまでした、セイザン様」

リットの言葉に、セイザンが強張った肩を解《ほぐ》す。

「いやあ。長時間の儀式は、老体に堪えるね」

「何を仰《おっしゃ》います」

リットが笑みを浮かべた。

「本番はこれからですよ」

第26筆　疑惑

控えの間で、ナルキが素早く点眼薬を差す。

瞬きをして、息をついた。

「ノール大神官様。ナルキ様」

ヤマセが微笑む。その後ろにトレーを持ったトウリがいる。

「お疲れ様でございます。紅茶をご用意しました」

ヤマセがトウリへ頷いて見せる。椅子に座ったノール大神官とナルキへ、トウリが紅茶のカップを手渡す。

よく冷えた紅茶を、ノール大神官は一気飲みする。

「ああ……、生き返った心地だ」

ノール大神官が呟いた。トウリが空のカップにおかわりを注ぐ。

「儀式が無事に終わり、ひと安心しました」

そう言って、ナルキが視線を投げた。視線の先、壁際にはタルガとユーリが控えている。

「ナルキ」

フィルバード公爵が、ニーナ神殿付き書記官を伴って現れた。

「体調は……、大丈夫そうだな」

ナルキがカップを置き、立ち上がる。天窓からの光に、ナルキの薄紫色の瞳がきらめいた。

「そのようです」

ナルキが頷けば、フィルバード公爵が椅子に腰を下ろした。侍従宜しく、書記官は控えの間の隅に移動する。トウリが口を開きかけると、書記官は口元に人差し指を当てた。トウリが口を噤む。

「ご苦労だった。ノール大神官」

「はっ」

フィルバード公爵の労《ねぎら》いに、ノール大神官が会釈で返す。

「陛下の体調も、回復するだろう――何事もなければ、な」

フィルバード公爵が笑みを浮かべる。

「下がるのが早いな、フィルバード公爵」

かつん、と靴音が響く。

「ラウル殿下」

フィルバード公爵が椅子から立つ。紫の瞳が、公爵を射る。

「急ぎの用でもあったのか？」

背後にタギとジンを従えて、ラウルが冷笑を浮かべた。

「いえ……。ナルキは初めての儀式だったので。疲れていないかと」

「陛下より、神官見習いの体調を気にするのだな」

険のある声に、フィルバード公爵が眉を寄せる。

「畏れながら。ナルキは〈彩色の掟〉――王族である証の、金髪に紫の瞳を持っております。臣下として、体調が気になるのは普通のこと」

「本当の王族として、認められたわけではないぞ」

ラウルの言葉に、フィルバード公爵は口を閉じた。だが、その瞳は雄弁にぎらついている。

「リトラルド・リトン一級宮廷書記官」

「はい」

ラウルが振り向いた。

「儀式記録は完成したか？」

ひくり、とリットの顔が引き攣る。

「焦っては事を仕損じますよ」

「寝ていたのか？」

ラウルの紫の目が尖る。

「違います」

「内職か」

「……儀式記録は、まだ草書です。後日、清書してお持ちいたします」

慇懃にリットが一礼をする。ふん、とラウルが鼻を鳴らした。

「聖なる儀式の最中に内職とは。首を刎ねてもいいのだが」

「ラウル殿下は、恐ろしいことを仰いますねぇ」

惚《とぼ》けた様子で肩をすくめたリットに、フィルバード公爵が声を上げた。

「不敬だぞ、リット！」

ここぞとばかりに、糾弾する。

「陛下のための儀式を蔑ろにするとは！　さては、何か企んでいるな！」

フィルバード公爵がリットを指差す。

「陛下の体調不良も、さてはお前が仕組んだことか！」

控えの間に驚きが広がる。

「リ、リット様は！　何もしていません！」

堪らずにトウリが叫んだ。

「侍従の言うことなど、信じられるか」

フィルバード公爵に睨まれ、びくりとトウリは体を震わせた。

それでも、反論する。

「リット様は、陛下にお会いしていません！」

「どうだかな」

フィルバード公爵が吐き捨てる。

「あのユヅキとかいう女宮廷薬剤師と結託しているのだろう。もしかしたら、毒を盛ったのかもしれぬ。儀式を終えても、陛下の体調が回復されなかったら、お前たちふたりの首を刎ねてやる！」

「——私がなんでしょう？」

礼拝堂とは反対側の扉が開く。

ユヅキが王と王妃とともに、姿を現した。

第27筆　紫の瞳

彼女の目を見た者が、一斉に息を呑んだ。

「ユヅキ！　その目の色は、どうした！」

別の入り口から控えの間に現れたディエスが叫ぶ。ふふふ、とユヅキが不敵に嗤う。

「似合う？」

「似合う、似合わぬの話ではなくて――」

「あ、小言は勘弁」

夫相手にそっけない。

「似合っていますよ、ユヅキどの」

場違いなまでに明るい声で、リットが言う。

「紫の瞳。本当の王族のようだ」

「畏れ多い所業ですが、陛下公認です」

ユヅキが深々と頭を下げる。王妃に付き添われた王が、ひとつ頷く。

「厄災を呼ぶという魔書。それに記されていた魔の点眼薬だな」

「陛下の仰るとおりです」

ユヅキの肯定に、まぁ、と王妃が口を手で隠す。

「点眼薬で瞳の色を変えることができるなんて。お手軽なこと」

「……お手軽な重罪です。母上」

ラウルが顔をしかめた。

「誰でも、王族を騙《かた》ることができるのですよ」

全員の視線が、ナルキに集まった。

「おや？」

かつん、とラウルが靴音を鳴らす。

「ナルキ。お前の目は、薄青だったのか？」

ナルキが表情を強張らせた。

「何！」

フィルバード公爵が慌てた様子で駆け寄る。

天窓から降る朝日に、ナルキの薄青が濃くなる。

青い瞳。

「おい！」

フィルバード公爵がナルキの肩を掴む。ナルキが激しく首を横に振った。

「そんな……馬鹿な。いつもどおりに――」

はっと、ナルキが何かに気づく。懐に手を当て、壁際に控えている黒髪の侍従を睨んだ。

「……まさか、すり替えたのか……！」

点眼薬から目を離したのは、禊《みそぎ》の入浴時以外にはない。

「私を嵌《は》めたのか、ヤマセ！」

「我が身は、ラウル殿下の侍従であります」

黒髪の侍従は困ったように小首を傾げた。

「あなた様の僕《しもべ》ではありません」

ナルキの顔色が消えた。

かつん、と靴を鳴らし、ラウルが歩を進める。

「知っていたのか？　本当の瞳の色を」

成り行きを見守っていたノール大神官の前に、ラウルが立つ。

「ししし、知りません！　ナルキは、紫の目を持って――」

「それが偽りだと、証明されただろう！」

ラウルの怒声に、ひい、とノール大神官は悲鳴を上げた。

近衛騎士団の騎士たちが動く。

「詳しい話を聞かせてもらおう」

ディエスの言葉に、タルガとユーリがナルキを囲んだ。

「……王族を騙れば、死罪」

ぽつりと呟かれた言葉に、ナルキの体が震える。

「知らなかったはずは、ないでしょうに」

痛みを堪えるように、リットが眉を寄せた。

「擁立した者も同罪だな」

ラウルの視線を受け、ディエスが頷く。

「フィルバード公爵、ノール大神官。ご同行願います」

第28筆　陰謀と務め

「違う！　これは、陰謀だ！」

　フィルバード公爵が叫ぶ。

「瞳の色を変えられるのなら、その女が、ナルキの点眼薬をすり替えたのだ！　紫の瞳を、青色になるように！」

　ユヅキが眉を寄せた。

「では、実験してみましょうか？　点眼薬の効果は、一日だけ。ナルキどのの瞳が、青から紫に変わったら、本物の紫です」

　ごくり、とフィルバード公爵が唾を飲み込んだ。

「ああ、あと。髪の色」

　ユヅキがひとつに結った自身の髪を手に取る。

「茶髪を脱色すれば、金色に見えます。ひと月ほどナルキどのを監視下に置き、観察してみましょう。髪が伸び、生え際の色が――」

「わ、私は騙されたのだ！」

　上ずったフィルバード公爵の声。

「ノール大神官に！　王姉の遺児を保護しているという話を持ち掛けられ、だ、騙されたのだ！」

「ななな、何を！」

　ノール大神官の目が、零れ落ちそうなほど見開かれた。

「話を持ち掛けたのは……あなた様のほうでしょう、フィルバード公爵様！　王姉の遺児を立て、実権を握れば、神殿も豊かになると――」

「知らん、知らん！」

　フィルバード公爵が手を振る。拒絶。

「私は被害者だ！　私を騙すとは何事か！　ノール大神官とナルキをひっ捕らえよ！」

　ジンがため息をつき、首を横に振った。タルガとユーリがディエスを見る。ディエスは動かない。

「――抜け駆けはいけませんわ。お兄様」

　ふふふ、と王妃が微笑む。

「例え、うっかり騙されてしまったとしても。これはご自身の意志でしょう？」

　王妃が小瓶を取り出す。

　それを見たフィルバード公爵が、顔色を失った。

「母上。それは？」

ラウルの表情は険しい。その傍らで、タギが不安げにしている。

「ふふふ。ラウルもタギも知らないでしょう？　教えていませんでしたからね」

「母上」

ラウルが急かす。

「毒薬ですよ。フィルバード家に代々伝わる、秘伝の」

その場の全員が息を呑んだ。

「製法は当主のみが知っている。そうですよね、お兄様？」

ふふふ、と王妃が微笑み掛ける。

「アルシア。お前……」

愕然《がくぜん》となる兄に、王妃は微笑みを崩さない。

「私を……、フィルバード公爵家を、裏切るのか！」

「いいえ。お兄様」

王妃が首を横に振る。

「裏切るも何もありません」

艶然《えんぜん》とした、笑み。

「わたくしは――フルミアの王妃。アルシア・フルミアです。フィルバードでは、ありません」

ふふふ、と目を細める。

「王妃としての務めを、果たしますわ」

アルシアが、小瓶をユヅキへ渡す。

第29筆　沈黙は金

「これは、陰謀だ！」

フィルバード公爵の声が、控えの間に響く。

「寄ってたかって、皆、フィルバード公爵家を陥《おとしい》れようと……」

はっと、フィルバード公爵が閃いた。

「貴様か、リットぉ！」

血走った青の目が、リットを捉える。

「そうだ、貴様の仕業だ！」

狂気を湛《たた》えた目で、フィルバード公爵が指を差す。

「すべて、全部！　お前が仕組んだことだな！」

ふぅ、と王妃がため息をついた。

「見苦しいですよ、お兄様」

「黙っていろ！」

ジンとディエスが長剣の柄に手を掛けた。

「フィルバード公爵！　畏れ多くも、王妃様に何という口の利き方！」

ディエスの言葉に、フィルバード公爵は首を振る。

「うるさい、黙れ！」

「この場合、『沈黙は金なり』という言葉は、あなた様のためにありますねぇ」

芝居掛かったリットの声音に、フィルバード公爵の額に青筋が浮く。

「この道化が！　私を侮辱するのか！」

「侮辱したのは、そちらが先でしょう？　王妃様に対して不敬罪その一」

リットが人差し指を立てる。

「その前に、陛下毒殺示唆」

続けて中指を立てる。

「さらには、偽りの王族の擁立」

薬指を立てる。

指が三本。

「私に罪を擦りつけようとした所業は、ツケときますね」

「……何にだ」

あきれたようにジンが言った。

「フィルバード公爵家に。西領のソラド産の紅茶はおいしかった」

「おいしいものに、罪はありませんからね。ふふふ」

王妃が笑う。

「けれども。本当に意趣返しではありませんの？　リット」

「どういう意味でしょうか。王妃様？」

リットが首を傾げる。

「だって。お兄様に、今まで散々いじめられたのでしょう？」

「いじめられた記憶はありませんねぇ。目障りだと思われた節はありますが」

「ほら」

「いやいや。だからと言って、陰謀を唆《そそのか》したりしませんよ」

ジンが眉をひそめた。話の流れが悪い。

「物理的な証拠はありますか？」

「えーと。そう言われると、私の立場は弱いですねぇ」

困ったように、リットが指で頰を掻く。

「母上」

ラウルが口を挟む。

「仮に、この者が陰謀を企んだとしても。フィルバード公爵が話に乗るでしょうか」

「あらまあ、ラウル。あなたが庇《かば》うなんて。リットが婚約者を助けてくれたから、恩を感じていますの？」

「いえ、まったく」

ラウルが言い切る。

「それとこれとは話が別です」

「わー、容赦ない」

リットが肩をすくめた。長剣の柄から手を離したジンが、肘で小突く。

「おい。何故だか旗色が悪いぞ」

「日頃の行い？」

「馬鹿。ふざけている場合か」

「無論勿論。そんな場合ではないさ」

ははは、とリットは乾いた笑みを浮かべる。

その翠の目には鋭い光。

第30筆　白の証明

「潔白の証明ですか。うーん」

リットが首を捻る。

「畏れながら、王妃様」

ユヅキが口を開く。

「この点眼薬の製法を見つけた功労者は、リットでございます」

「あら、そうなの？」

「はい」

「それも、自作自演ではなくて？」

「そんなこと！」

「ない、とは言い切れませんよ。ユヅキ」

言葉に詰まるユヅキに、王妃はふふふ、と笑う。

「聞いたところによると、魔書は初め、ラウルに贈りつけられたとか。贈り主も不明。怪しいですわね」

ちらりと王妃がラウルを見る。

「ラウルのことです。きっと厄介事はリットへ押しつけます。押しつけられた、という大義名分で魔書を手に戻し、ユヅキに渡したのでは？」

「ああ、よくわかってらっしゃいます」

　頷くリットの頭を、ジンが叩《はた》く。

「いって」

「他人事じゃない。お前のことだぞ」

「といってもなぁ、ジン。身に覚えのないことだ。まるで三文芝居を観ているようだ」

「お前なら一流喜劇を書きそうだな。リット」

「わかっているじゃないか、友よ」

「わかりたくなかったぞ、友よ」

　ため息をつき、ジンが額に手を当てる。

「どうするんだ、リット。このままだと、フィルバード公爵を陥れたとして、罪に問われるぞ」

「それは困る。身に覚えがない」

　リットが首を横に振った。尾のように、茶の三つ編みが揺れる。

「だが、証拠がない」

　自らそう口にして、うーんと唸る。

「どうすれば、王妃様は納得してくれますかねぇ」

ふふふ、と王妃が微笑む。

「疑惑を晴らさないと、お兄様に言われ続けますよ。リットに陥れられた、と」

「それは憂鬱」

リットの言葉に、フィルバード公爵の顔が怒りで赤く染まった。

「この……、青二才めが！」

控えの間に、フィルバード公爵の怒声が響く。

「あらまあ、お兄様。そんな大声を出して。歌劇でも歌うのですか？」

あくまで穏やかに言いつつ、王妃は眉をひそめた。

「アルシア！」

「はい。お兄様」

「お前は、誰の味方なのだ！」

ふふふ、と王妃の口元が弧を描く。

「勿論、陛下のお味方です」

全員の視線が、王へと集まる。

「……茶番だな」

ぽつりと、王が呟いた。

「これが、お前が書く悲劇か。サフィルド？」

くっくっく、と場違いな笑い声。

「なぁんだ。バレていましたか」

ぎょっとするトウリへ、サフィルドが微笑みかける。

「気配を消すな」

「そう仰られても。今は神殿付き書記官、侍従みたいなものです。ゼルド陛下」

艶然と、サフィルドが嗤う。

第31筆　劇幕の横に主役

「王妃様も、お気付きでしたでしょう?」

サフィルドの言葉に、王妃は首を傾げる。

「さあ?　なんのことでしょうか。ふふふ」

「私の代わりに、リットへ八つ当たりするのは、やめてあげてください」

「あら。庇うのですか」

「魔書のこと。お聞きになっているなら、知っているはず」

サフィルドが左の人差し指を立てた。

「魔書は希少書。高価な書物。財力がないと手に入らないのですよ。ましてや、たかが一級宮廷書記官の給金で、買えるものじゃない」

リットがサフィルドを睨みつけた。

「経験者は語る、ってか」

「さあ、どうかな」

一歩踏み出したリットの肩を、ジンが摑んだ。

「リットでは、魔書は手に入れられない」

　王が呟く。

「では、別の誰かが魔書を贈ったのだな」

「そのようです」

　サフィルドが頷く。

「あ、ちなみに」

　楽しそうに、彼が笑う。

「ナルキはまったくの偽物ですよ」

「なっ！」

　突然の告白に、ナルキが息を呑む。

「う、裏切るのか！」

「裏切るも何も。味方にはなり得ませんし」

　サフィルドが肩をすくめる。

「どう、いう、ことだ？」

　ノール大神官の唇が戦慄《わなな》く。

「サールド・フィルドは筆名です。正式名《フル・ネーム》は、サフィルド・リトン」

　ジンとトウリと王族を除いた全員が、リットを見る。

「息子と違って、隠し名《ヴァーチャス》はありませんが」

「うるさい黙れどの口が言うか」

「え、何？　反抗期？」

驚いたように、サフィルドが翠の目を丸くした。

「つーか、なんで隠し名持《ヴァーチャス》ちって知ってるんだよ！」

「こらこら。お口が悪いぞ、リトラルド・リトン・ヴァーチャス。それとも王前名《おうぜんめい》のほうがよかったか？」

艶のある低い声が、その名を呼ぶ。

「リトラルド・リトン・フルミア」

リットの顔が強張った。

第32筆　真実は何処か

サフィルドが、王へ片目をつぶって見せる。

「我が息子に、重苦しい隠し名《ヴァーチャス》を与えていただき、ありがとうございます」

「……礼を言われる筋合いはない」

「おや。義弟どのは、つれないですね。体調は大丈夫ですか？」

ふん、と王が鼻を鳴らす。

「陛下が、義弟……？」

ユヅキの瞳が揺れる。にんまりとサフィルドは笑う。

「待って！　まさか、イリカ王女の恋人……？」

「イリカは、私の光でしたよ」

翠の目が懐かしそうに細められる。

「夏の離宮の、悲恋の塔」

タギが呟く。

「や、役人は、斬首されたのでは？」

「このとおり。頭と胴は繋がっていますよ。タギ統括官どの」

白い手袋をした右手で、サフィルドは自身の首に触れる。

「真実は他人《ひと》によって作られる。覚えておくといい。元王子様」

ごくり、とタギが唾を飲み込んだ。

彼を見る。

「リット……、お前が、王姉の、遺児なのか」

リットが肩をすくめる。

「ご安心を、タギ様。私はこのとおり、茶髪に翠目です。〈彩色の掟〉を持っていません。王位継承権はありませんよ」

「それでも、王族の血を引いているではないか！」

ああ、と、サフィルドが言う。

「王族を騙《かた》れば死罪でしたっけ。ゼルド陛下？」

王が睨む。

「リトラルドはお主の息子だろう。よく似ている」

「イリカにも、似ていますね。ふふふ」

両人による公認。

「ありがとうございます。陛下、王妃様」

上機嫌で一礼したサフィルドとは対照的に、リットは顔をしかめた。

「さて」

王が向き直る。

「そこの青年は、何者か」

全員の視線を受け、ナルキが体を震わせた。

「わ、わたしは……」

天窓からの朝陽を受けて、輝く金髪に青い瞳。

「ディエス」

「はっ」

「連れていけ。それと、ザイールは無罪だ。牢から出してやれ」

「はい」

ディエスが頷けば、ほっとユヅキが胸を撫で下ろした。

王が深く息をつく。

「……サフィルド。お主にも、話を聞かねば――」

振り返れば、サフィルドがいない。

「あらあら、まあ！」

王妃が驚きの声を上げる。

「あんの、野郎！」

リットが駆け出す。ナルキに視線が集まった一瞬に、忽然と姿を消した。

「トウリ！　侍従の通用口は！」

「は、はい！　柱の陰です！」

「待て、リット！」

ジンの静止を聞かず、リットは侍従の通用口へ飛び込んだ。

第33筆　父と子

「待てよ、リット！」

薄暗い侍従用通路にジンの声が響く。

「ジン！　外へ繋がる出口はわかるか？」

「おれが知っているわけないじゃないか」

かこん、と遠くで何かが開いた。

「……すまん。取り消す。出口を使ったようだ」

「案内してくれ、ジン」

並走していたジンが、リットの先を行く。侍従や侍女には遭遇しない。ふたつ角を曲がると、風が吹いた。

壁の一部が開いていた。

ジンとリットがくぐる。

視界に薄青の空が広がった。庭園の端。青い小花を咲かせるセルランタが、風に揺れている。

「サフィルド！」

「おや、リットか。早いな」

サフィルドが振り返った。ジンの姿を見て、左手で頭を掻く。

「そうか。灰青の牙《ジキタリア》か。薄暗い通路でも視《み》えるからな」

ふっと、サフィルドは唇を歪めた。

「その目を忌まわしいと思わないのかい？　優れた身体能力と引き換えに、短命だ。君はあと何年、生きられるのかな？」

「守りたいものを守れれば、おれは後悔しない」

ジンの言葉に、リットが目を見張った。

「くくく。ゼンもそう言っていたよ」

白い手袋をした左手を口に当て、サフィルドが笑う。

「サフィルド」

リットがジンの前に出た。

「魔書をラウルに贈りつけたのは、お前だな」

「うん」

あっさりと頷く。

「事をややこしくしやがって……」

リットが舌打ちをした。

「でも、万事解決しただろう？　見事、見事」

サフィルドが拍手をする。

「お前は！　何がしたいんだ！」

リットの叫びが薄青の空に吸い込まれる。風が吹く。青いセルランタの花が揺れる。

「……悲劇だと、思わないか」

静かな声で、サフィルドが呟く。

「他人《ひと》の都合で真実が曲げられる。悲恋の塔の話が、まさにそれだ」

――役人の身分違いの恋。

――先王に恋人との仲を引き裂かれた王女は、失意のうちに夏の離宮の塔から身を投げた。

「イリカは身投げなんかしていない」

強い声に、びくりとリットは肩を震わせた。

「じゃ、じゃあ……何故、そう伝わっているんだ」

「ひとは皆、悲劇が好きだからだよ」

だから、とサフィルドが続ける。

「俺は悲劇を書く。物語でも、現実でもな」

王の悲劇を描いた〈アルバート王〉、身分違いの悲恋を描いた〈サンロマスの恋人たち〉、伯爵家の没落を描いた〈嵐の荒野でダンス〉。

「サフィルド！　お前が唆したのか！」

リットが叫ぶ。

「王族を騙れば、死罪だぞ！」

「実行に移すかどうかは、本人たち次第だよ。俺は、駒を置いただけさ」

リットが唇を噛む。行動に移すかは、ナルキやフィルバード公爵の意志。

ただ、陰謀の背中を押した。

「リット」

鞘に収まった短剣を、サフィルドが腰から抜く。

投げる。

「あっぶな！」

それでも確実にリットは受け取った。

「あげるよ。お前が持っていたほうが、相応しい」

「何を――」

言いかけて、リットが固まった。手の中にある短剣。その柄元に彫られた紋章。

「じゃあ。元気で」

ひらりと手を振り、サフィルドが去っていく。

「おい、リット！　追わなくていいのか！」

「……あいつのことだ。また、隠し通路か何かで、逃げるに決まって――」

庭園に何故か馬の嘶《いなな》きが響く。蹄《ひづめ》の音が遠ざかる。

「……王城内だぞ」

あきれたようにジンが呟いた。

第34筆　おいしい紅茶

日暮れの柔らかな光が、執務室を照らしている。

「返上します」

「お前が持っていろ」

取り合わないラウルに、リットが眉を寄せた。

「俺が持っていたらだめでしょ。これ」

「ちょうどいい手綱だ。持っていろ」

「馬じゃありません」

「知っている」

執務机で、ラウルが報告書にサインをした。文箱へ入れる。

「お前の血統については、陛下が箝口令《かんこうれい》を出した」

「知っています。ありがたい」

肩をすくめるリットに、ラウルは机上に肘をつく。

「その短剣は、まぎれもなく王族のもの」

柄元《つかもと》に彫られたフルミアの紋章。リットの手の中で光る。

「忠誠の証として、お前にやる」

ラウルの紫の目が鋭い。

「反旗を翻す時、オレに返せばいい」

「……うっわ」

心底嫌そうに、リットが呟く。

「何の殺し文句ですか、それ」

「オレに殺されるなら本望だろう?」

「いえ、御免です」

くく、とラウルが笑う。


「お帰りなさいませ」

リットが自身の執務室へ戻ると、トウリが出迎えた。

その手に、紅茶のポット。

「疲れた……」

リットが椅子を引き、腰を下ろす。その脇に、短剣がある。

「結局、ラウル殿下にお返しできなかったんですね」

「手綱《たづな》だってさ。持っていろってさ」

「〈白雪騎士物語〉みたいに、跪《ひざまず》きました？」

「俺が騎士礼をとると思うか？」

「思いません」

「だろー？」

くわっ、とあくびをひとつ。リットが目をこする。

「仮眠をとられたのに、まだ眠いのですか」

トウリがカップへ紅茶を注ぐ。冷やされた金色が光を弾く。

「中途半端に目が冴えてな。今になって眠い」

「子どもみたいですよ」

「十四歳にそう言われると、ちょっと傷つく」

「それは僕の台詞です」

トウリがソーサーごと、紅茶のカップを手渡した。リットが口をつける。冷たい紅茶がするりと喉を通る。花のような香り。ふぅ、と息をついた。

窓の外に目をやれば、穏やかな黄昏。

風に城壁の旗がなびく。青い鳥が二羽、さえずりながら飛んでいく。

「もうひと眠りしようかな」

リットの呟きに、トウリが顔をしかめる。

「夜、眠れなくなりますよ」

「はっはっは。子どもみたいだな。そうなったら、ジンのところへ夜這いに行くかな。酒を片手に」

「また返り討ちに遭いますよ」

うーん、リットが唸る。

「ずるいよなぁ。酒も強いんだから」

「リット様」

じとり、とトウリが目を据わらせる。

「現実から、逃げようとしていません？」

「はっはっは。何のことだか」

笑いながら、リットは視線を窓の外から外さない。部屋のある一点を見ようともしない。

「儀式記録の清書、まだですよね？」

「……焦っては事を仕損じるぞ、トウリ」

ずずず、とリットが紅茶を飲み干す。

「やる気はあるのですよね？」

「さあ？　どうかな」

「リット様」

びし、とトウリが執務机を指差した。

「働け！」

〈了〉

chapter 02
The graceful life of court clerk Litt
宮廷書記官リットの華麗な悪夢

第1筆　夏の離宮

大広間には、シャンデリアが煌《きら》めいていた。

真新しい天井には、豊潤な実りが描かれている。

枝がたわむほどの林檎、蔦を伸ばす葡萄。金の麦穂の間を、野兎や狐が駆ける。枝分かれした角を持つ牡鹿は、描かれた森の中を悠然と歩く。飛び立つ雉たち。

「さすが、元狩猟の館だ」

人々のざわめきの中で、リットがぽつりと呟く。

その呟きをジンが拾う。

「うん？　……ああ、見事なフレスコ画だな」

「見ろ、ジン。お前もいるぞ」

リットが指差す先、一頭の神獣が翼を広げていた。

「我らが銀雪の国《フルミア》を守る、鷲大狼《グリフィネール》──」

鷲の上半身に狼の下半身を持つ、美しい獣。

「その名で呼ぶな」

ジンがリットの頭を軽くはたく。リットがにやりと笑い、今度はジンを指差す。

「では、正装に身を包んだ麗しのジン・ジキタリアどの？」

黒地の礼服に銀飾りが涼やか。腰の飾りベルトには、使い込まれた長剣がある。

ジンがため息をつき、首を横に振った。灰色の髪がシャンデリアの光を弾く。

「お前だって、立派な正装じゃないか。リトラルド・リトン一級宮廷書記官、兼、宮廷書記官長補佐どの」

リットが肩をすくめた。

濃紺の礼服に、職位のマントを羽織っている。マントを留めるのは、大広間で唯一の白い三枚羽。

「よく舌を嚙まなかったな、ジン」

「長くて重い職名だからだ、リット」

「お前の灰青《かいせい》の瞳と、〈剣の鷲大狼〉の異名と、近衛騎士団副団長の職よりは軽い」

「そんなわけあるか」

「そんなわけあるのだよ、友よ」

ほーう、とジンが腕組みをする。

「それなら、筆名と、隠し名《ヴァーチャス》と、ラウル王太子殿下のお気に入りという事実を重ねようか？」

リットが嫌そうに顔をしかめた。

「おい待て。お気に入りじゃない。無理難題を吹っ掛けてくる、迷惑なおひとだ」

「オレが何だって？」

リットとジンが揃って振り返る。

燦然《さんぜん》と輝くシャンデリアにも負けない金髪と、鋭い光を宿した紫の瞳の青年――ラウル本人が立っていた。

「もっと役目を重くしてもいいのだぞ。リトラルド・リトン・ヴァーチャス」

「あっさりと王前名《おうぜんめい》を口にしないでください。殿下」

あなたは王ではない、と言外にほのめかす。

「ほう。不服か」

「不服です」

ごすっ、とジンが肘でリットを小突く。

「まさか、まさか。口が滑っただけです。なあ、リット？」

「えー？　不敬罪で地方左遷されたい。紅茶を飲んで一日優雅に終わらせたい」

「馬鹿、先にお前の命が終わるぞ！」

慌てたジンがリットの口を手で塞ぐ。

「申し訳ございません、ラウル殿下！　葡萄酒で酔っているようで！」

ふん、とラウルが鼻を鳴らした。

「会わせたい者がいる。斬首はまた今度だ」

「もぐもが！」

とんとん、とリットがジンの手の甲を叩いた。ジンが手を外せば、ぷはぁ、と大げさに息をつく。

「……死ぬところだった、ジン」

「まさにな」

うんうん、と頷くジンへ、リットは肘打ちをした。

「お前に殺されるところだったぞ！」

「お、おれか？」

「首チョンパじゃなくて、窒息するところだった！」

ぜぇぜぇと、リットが肩で息をする。

「す、すまん」

睨む翠の目に、ジンは両手を胸の前で挙げた。降参の仕草。

「茶番はもういいか？」

ラウルの冷めた声に、リットとジンの背筋が伸びる。

「あまり待たせてやるな」

ラウルが身を半歩引けば、畏《かしこ》まったトウリ。

「お連れいたしました」

「ご苦労」

労うラウルに、リットは眉を寄せた。

「ラウル殿下。私の侍従を勝手に使うのは、やめてくれます？」

「偉大なる先人曰く。『オレのものはオレのものという真理が成り立つ時、お前のものものオレのものという道理が成り立つ』らしい」

「うっわ、暴君！」

リットの叫びに、トウリの後ろにいたルリア王女が微笑んだ。

「お元気そうで何よりです。リット様」

「あ、呼び捨てでお願いします。シンバル第一王女様」

「ルリアで構いませんわ」

「まさか、まさか。それこそ首チョンパものですよ」

ははは、と笑うリットに、ジンとトウリが目を合わせた。ふたり揃ってため息をつく。

「それで、ルリア王女様。あなたの後ろに隠れている、ご令嬢をご紹介いただいても？」

「ふふふ。さすが、リット一級宮廷書記官」

ルリアが背後を見る。茶髪を結い上げた女性が、逃げるように洋扇《クリム》で顔を隠す。

「観念しなさい」

笑みを湛えたルリアが、容赦なく洋扇を持つ彼女の手を下げさせた。

「で、ですが……。やはり場違いな姿です」

さっと、彼女は俯き、横を向いた。

「どう思います？　ジン近衛騎士団副団長」

ルリアに名指しされたジンが、灰青《かいせい》の目を瞬かせる。

「ええと、お美しい方だと思いますが……？」

頬を赤く染めて、彼女が上目遣いでジンを見た。

特徴的な琥珀色の瞳と、視線が合う。

「んっ？」

既視感を覚えた。

「……シズナどの？」

凜々しい騎士の姿ではなく、黄色を基調とした白いレースのドレス。繊細な金細工の耳飾りが揺れている。

「……はい」

消え入るような声で、シズナが頷く。

かっと、ジンの顔が赤くなった。

「ご、ご無礼を！」

直角に腰を折り、頭を下げる。

「くくっ」

リットが噴き出せば、ジンに睨まれた。

「くほん、こほん。これは失礼」

「……笑うな、リット」

頭を上げたジンに、リットは胸元を掴まれる。

「ぐえ」

涙目のリットがジンの腕を叩いた。

「照れ隠しは、それぐらいにしておいてやれ。ジン」

ラウルの言葉に、ジンが手を離す。けほけほと咳き込む主人に、侍従が憐れみの視線を投げる。

「もし万が一リットの斬首が決まったら私めにご命令をラウル殿下！」

「あっひどいぞ、ジン。ひと息で言い切った！」

「お前、すぐ気付いただろ！」

「宮仕えたる者、どんな姿のご令嬢でも、見分けられないと。ははは」

「こっそり教えてくれ、友よ！」

「かくかく、しかじか？」

「わからん！」

くすり、とシズナが笑う。ジンが耳まで赤くなる。

「いやあ、麗しのシズナどの。ドレス、お似合いですよ」

リットが胸に手を当て、貴族礼をした。

「……ありがとう、ございます」

「誰がためのドレスで？」

「え……と、その」

助けを求めるように、シズナがルリアを見る。

「ルリア様が……、夏の離宮の、改修完成の夜会では……、ドレスだと、ご命令を」

「はい。わたくしが命じました」

にこにこと、ルリアが答える。

「だって、せっかくの機会ですもの。ラウル様も、そう思うでしょう？」

「正装であれば問題ない」

頷くラウルに、ルリアが笑みを零す。

そうして、ジンに向けて小首を傾げた。

「でしょう？」

「どうして、私に同意を求めるのですか」

「ふふふ。騎士と姫は恋物語の定石ですよ」

「恋物語っ！」

ジンとシズナの声が揃った。

第2筆　夜会のワルツ

楽団が、緩やかなワルツを奏でている。

夜が更けて、輝きを増すシャンデリアの下で、三十組ほどの男女が踊る。その中心は、ラウルとルリア。傍らでは、緊張しまくっているジンとシズナが、ぎこちなくステップを踏む。

「互いの足を踏まないのは、さすが騎士たちだな」

紅茶のカップを片手に、リットが感心した。

「リット様は踊らないのですか？」

小卓よろしく、トレーの上にソーサーを載せたトウリが訊ねる。

「ご令嬢たちが、狙っていますよ」

壁際に立つリットへ、洋扇越しの視線がいくつも刺さる。

「火遊びは飽きたな。俺の光は陽炎《かげろう》だ」

「かげろう、ですか？」

「陽炎、かみなり、水の月」

歌うようにリットが言う。

「何かの詩ですか」

「手にできない物のたとえさ」

トウリの持つトレーの上、ソーサーにカップを置く。

音楽が止んだ。

男女のペアが互いに礼をする。ラウルとシズナに入れ替わるように、年若の男女が中央に現れた。

「タギ様と、スミカ様ですね」

たがいに見つめ合う眼差しに、熱がある。

ほう、とトウリがため息をついた。

「情熱的だな、タギ統括官とスミカ嬢は。それに比べて――」

リットが目を細める。

「……比べるんじゃない」

緊張で、こわばった表情のジンが戻って来た。傍らでは、シズナが息を弾ませている。

リットの眉が跳ねた。

「おいこら、ジン。ご令嬢に汗をかかせるとは、何事か」

「め、面目ない……」

情けなくジンが眉を下げた。

「い、いや！　私がステップを間違えたのだ！　ジンどのは悪くない」

慌てた様子でシズナが言う。

「それでも、フォローするのが男の役目です」

にこり、とリットが微笑んだ。

が。

その目は笑っていない。

うぐ、とジンが言葉を詰まらせる。

「ジン様をあまりいじめないでください、リット様」

トウリの非難の声に、リットは肩をすくめた。

「いじめてなんかない。事実を述べただけだ」

「言い方」

じとり、とトウリが目を据わらせる。

「それは悪かった」

まったく悪びれもせず、リットが言う。

「お詫びに、静かな場所を教えよう」

薄く微笑むリットに、ジンは眉を寄せた。

「何を企んでいる」

「シズナどのを、オオカミたちから守りたかったら、俺の言葉に乗るんだな」

リットがちらりと視線を投げる。遠巻きにジンとシズナを見る、伯爵子爵、ご子息たち。

「シンバルの第一王女付き騎士の名は、成り上がりたいオオカミたちには眩しい」

すっと、ジンの瞳の温度が下がった。その灰青《かいせい》が氷のように鋭くなる。

「挨拶ずくめに、緊張のダンス。休憩もいいだろう、ジン」

「……そうだな」

ジンがシズナへ手を差し伸べた。シズナが彼の手と、顔を交互に見る。おずおずと、手を重ねた。

「トウリ」

できた侍従は会釈をして、大広間の隅へと案内する。

ふたりの背を見送って、リットは天井を仰いだ。豊潤な実りが描かれた、夏の離宮のフレスコ画。

「さて。俺も挨拶から逃げるかな」

職位のマントを翻し、リットは大広間を後にする。

第3筆　夜の庭園

大広間の二階。バルコニーに頬杖をつき、リットは灯りが入った庭園を見下ろす。時折、夜風が職位のマントをはためかせた。

山に囲まれたフルミアの夏は短い。

吹く風に、かすかな枯草の匂いが混じっている。

背後の、開け放たれた大窓の向こう。光溢れる大広間では、音楽が絶えない。招待客たちのざわめき。飲み物のグラスがカツンと鳴る音。飛び交う美辞麗句。すべてが煌びやかな混沌。

「誰しも、踊る影法師……か」

そう呟けば、庭園に人影を見つけた。

ざわ、と肌が粟立つ。

遠目でも見間違えようのない、あの男。

「サフィルドっ」

何故、ここに——。

胸の内の疑問に答えるわけもなく、サフィルドの姿は庭園の奥へと消えた。

リットが身を翻す。

夜の庭園に、人気《ひとけ》はない。

ところどころに灯された松明が、少しだけ闇を軽くしている。

リットは、サフィルドがいた場所に立つ。見上げれば、大広間のバルコニー。背を向けて、庭園の奥へと足を進める。

しばらく行けば、水の音が近くなった。

視界が晴れる。湖に出た。

湖にせり出すように、塔が建っている。満月に照らされて、白銀色に染まる塔を見上げる男がいた。

「サフィルド！」

「やあ。リット」

サフィルドが振り向く。

「ひさしぶりだね、我が息子」

「お前に息子なんて呼ばれたくない」

リットの攻撃的な態度に、サフィルドが目を見張る。

「おや、反抗期かな」

「とぼけるな。今まで、いろいろやらかしやがって。忘れたとは言わせないぞ」

「うんうん、大丈夫。覚えているから大丈夫」

「大丈夫じゃねぇ！」

リットが眦を吊り上げる。

「今度は、何を企んでいる」

「夏の離宮の改修は終わったんだね」

唐突な話の飛躍に、リットは言葉に詰まった。

「西の塔の外見は変わっていない……。内装を新しくしたのかな？」

ぎこちなく頷くリットに、サフィルドがふっと笑みを浮かべる。

「リット。お前も知っているだろう」

「……何が」

サフィルドが左手で指差す。

「あの西の塔から、イリカは身を投げた――」

それは母親の名。

リットが唇の端を噛む。

「――と、世の中では言われている」

サフィルドが腕を下ろした。

「〈悲恋の塔〉の話は知っているだろう?」

「……ああ」

リットが頷けば、サフィルドが歌うように言う。

「王姉イリカは、身分違いの恋をした。しかし、父王の怒りにふれ、恋人との仲を引き裂かれた。恋人は首を刎ねられ、イリカ王女は失意のうちに塔から身を投げた」

サフィルドの薄い笑みが、月光に照らされる。

「……だけど。本当は」

ゆっくりとリットが口を開く。

「身投げなんて、していない」

「そうだ」

力強いサフィルドの肯定。

リットが塔を見上げる。夜風が吹き、湖の水面にさざ波が立つ。

乾いた夜風は、互いに同じ色の髪を揺らす。サフィルドゆずりの、リットの茶色い髪。長い髪は三つ編みにされた髪は、満月の光を受けて、金色に染まる。

「……どうして」

リットの声が夜を震わせた。

「どうして、王女は身投げしたなんて、伝わっているんだ？」

「言っただろう」

リットと同じ翠の瞳に、サフィルドは影を宿す。

「人は皆、悲劇が好きだからだよ」

第4筆　その名に隠して

夜風が、リットとサフィルドの間を吹き抜ける。

「俺は悲劇を書く。物語でも、現実でもな」

「ふざけるな、サフィルド」

一歩、リットが踏み出した。

「お前が現実で描いた悲劇に、何人巻き込まれたと思っている！」

「知っている。そうなるように、駒を置いたのは自分だから」

サフィルドが肩をすくめる。

「まあ、お前が邪魔するんだろうなぁ、と思っていたけど」

利用されていた事実に、リットが歯噛みをする。

「いい物書きじゃないか。トリト・リュート」

筆名を呼ばれ、びくりとリットの肩が跳ねた。

「……なんだよ」

「いや、褒めてやりたい。〈白雪騎士物語〉や〈花の名は〉や〈世界の果てで真実を誓う〉など。全部幸せな結末だな。素晴らしい」

「うるさい。文句あるのか。サールド・フィルド」

　ふふ、とサフィルドが笑みを深くする。

「筆名で呼ばれると、少しくすぐったいね」

「悲劇の物語ばかり書きやがって」

「悪いかい？」

　むっとリットが唇を尖らせる。

「……悪くない。けど、現実でも悲劇を書くな！」

「リット」

　聞き分けのない子へ諭すような、優しい声でサフィルドが言う。

「この世の根源は、絶望なんだよ」

　夜風が、吹く。

　乾いた風に、水の匂い。湖にさざ波が立つ。夜空には、揺らがない銀の月。

「リトラルド・リトン・ヴァーチャス」

　王の前でしか名乗らない、王前名《おうぜんめい》で呼ばれ、リットは眉を寄せた。

「隠し名《ヴァーチャス》と、隠さないほうがいいかい？」

「俺が隠し名を得た話でもしてほしいのか？」

「興味あるね。どうして、その名を冠しているのか」

サフィルドは微笑んでいる。けれども、その翠の目は鋭利な光を湛えていた。

「陛下かな？」

「王以外に、誰が重苦しい栄誉を授けるんだ」

「ゼルド元王太子どのは、知っているからね」

サフィルドが右手で髪を掻き上げた。満月にその顔が照らされる。

「すべてを」

「知らないのは……、俺だけか」

リットの呟きは、夜風にかき消された。

「リット」

満月の下で、互いの翠がぶつかり合う。

「――お前の光は、どこにある？」

サフィルドの問いに、リットは口を開きかけた。

が、言葉が出ない。

己のものとは違う、凄絶な翠の目。

気圧《けお》されて、口の中が乾く。ごくりと唾を飲み込む。

「月が綺麗な夜だ」

唐突に、サフィルドが天を仰いだ。

雲ひとつない夜空に、銀の満月が浮かんでいる。夜風が渡り、湖にさざ波が立つ。

「昔話には、ちょうどいい」

第5筆　図書室では、お静かに

図書室は西の塔にあった。

「ねぇ、あなた新入りの書司《しょし》？」

机から顔を上げれば、大きな紫の瞳と目が合う。

「この離宮では、見かけない顔だわ」

物怖じせずに尋ねてくるのは、金色の髪を結った少女。面倒な人に捕まった、とサフィルドはため息をつく。

「あ、ため息。幸せが逃げるわよ？」

「ため息で逃げる幸せなんて、こちらから願い下げです」

「あら。なんてひねくれた書司なの」

サフィルドは手にしていた羽根ペンを置き、右手で自身の胸元を示した。

「宮廷書記官です」

白い三枚羽根が、午後の陽光に輝く。

「あら、一級だったのね」

紫の目が瞬く。

「どうして、一級宮廷書記官が夏の離宮《こんなところ》に？」

季節は、雪が解けた春先。避暑や狩りをする時期には、まだ早い。王族も政務官たちも、王都フルトで生活をしている。

「普通なら、王城にいるでしょう」

「ガルド陛下のご命令ですよ。古書の保存のため、新しく書き写せと」

サフィルドが座る机には、虫の食った茶色い古書がある。その横に、白い洋紙。黒のインクで古書の内容が書き写されている。

「あなた、字が上手ね。とてもきれいだわ」

「ありがとうございます」

「だから、お父様に役目を押しつけられたの？」

「押しつけられた、などと思っていませんよ」

サフィルドは微笑む。

「私は速記ですからね。だから、抜擢されたのです」

「ふうん」

彼女がサフィルドを上から下まで眺める。

「あなた、名前は？」

「お教えしたら、仕事の続きをしても構いませんか？」

「ねぇ、名前は？」

ため息をついて、サフィルドが立ち上がった。見上げる紫の瞳へ、慇懃優雅に微笑む。

「サフィルド・リトンです」

手を胸に当て、サフィルドが腰を折る。洗練された貴族礼に、ふうん、と彼女は鼻を鳴らした。

「若いわね。いくつ？」

「今年で二十になります」

「わたしより三つも上だなんて。生意気ね」

「はい、生意気な宮廷書記官です」

すとん、とサフィルドが椅子に座った。

「では、仕事に戻りますね」

「ちょっと！」

彼女が声を上げた。

「しぃっ。図書室では、お静かに」

サフィルドが人差し指を口の前に立てる。彼女が慌てて自身の口を手で押さえた。

そうして、むっと眉を寄せる。

「わたしに指図しないで」

「はいはい」

サフィルドが羽根ペンを手にした。インク壺にペン先をつける。

「ねぇ、その態度。不敬罪よ」

「構ってあげられなくて、申し訳ありませんね。これ、今日中に書き写さないとならないのですよ」

「なに、それ。わたしより――」

「王がお決めになった、締め切りのほうが怖いです」

サフィルドが羽根ペンを走らせた。

シャッ、とペン先が洋紙に触れる音がする。速い。視線は古書に注がれたまま、洋紙を《ノー・》見ない《ルック》で、文字を書き写していく。

「ねぇ、それ……」

ゆっくりと、彼女が訊ねる。

「フルミアの古語よね？　あなた、読めるの？」

「読めますよ」

手を止めずに、サフィルドは答える。

「宮廷書記官なんで」

「嘘。だって、読めるのは一級書司ぐらいよ」

「皆、不勉強ですねぇ」

のほほん、とサフィルドが言う。その口調とは反対に、真剣な目で文字を追う。羽根ペンを走らせる。

書く。

片手でページをめくる。

速い。

彼女の見ている間に、五ページ、六ページと古書がめくられる。

白い洋紙が文字で埋められていく。

羽根ペンを指で挟み、サフィルドが書き終えた洋紙を机の隅に置いた。すぐさま新しい洋紙を出し、書き続ける。

はらり、と書き終えた洋紙が床に落ちた。

彼女が拾う。

乾きかけのインクが、午後の陽光に黒く光る。流麗な筆跡。美しいだけではなく、雄々しさを兼ね備えた線の動き。真っ白い洋紙に、文字を書く罫線はない。それでも文字のバランスは絶妙で、整然と並んでいる。

一枚、二枚、と洋紙が掻き上げられていく。

「……あなた、何者なの？」

「さっき名乗りました。ただの宮廷書記官です」

サフィルドがインクを足す。その何気ない仕草さえ、優雅。

「ねぇ、サフィルド――」

「見つけましたよ！　イリカ様！」

侍女の大声に、びくりとふたりの肩が跳ねた。

その拍子に、インクが一滴、垂れる。

「げっ」

苦虫を噛み潰したような表情で、サフィルドが手を止めた。台無しになった洋紙を持ち、ため息をつく。

「あと一章だったのに……」

「寝台を抜け出して、こんなところに！」

肩を怒らせた侍女が、乱入する。

「あら、リズ。そんなに怒ると皺が増えるわよ？」

「イリカ様が大人しくしていれば、怒りはしません！」

母親ほど年の離れたリズが、両手を腰に当てた。わかりやすい、怒っていますのポーズ。

「体調が良いからといって、勝手に出歩かれては困ります！」

「不法外出だったんですね？」

サフィルドが言えば、ぷいっとイリカはそっぽを向いた。

「いつも、誰かに見られているなんて。息が詰まってしまうわ」

「イリカ様！　お部屋にお戻りください！」

リズの声が図書室内に響く。イリカとサフィルドが両耳を手で塞いだ。

「えーと。図書室ではお静かに？」

「お黙りなさい、この宮廷書記官！」

リズがサフィルドに詰め寄る。

「イリカ様を見つけて、どうして、すぐ知らせなかったのですか！」

「ええー、俺の責任？」

図書室に侍女や侍従たちが集まって来た。一様に、息を弾ませている。

「まさか。不貞を働いていたのですか！」

悲鳴のようなリズの言葉に、げんなりとした様子で、サフィルドが首を横に振った。

「不敬を働いた覚えはありますが。どちらかというと、仕事を邪魔されました」

インクの垂れた洋紙をリズに見せ、サフィルドがため息をつく。

「あ、幸せが」

「逃げるのは、本当かもしれませんねぇ」

イリカが微笑んだ。

サフィルドの手から、書き損じを取る。

「これ、もらってもいいでしょう？」

「どーぞ」

投げやりなサフィルドの態度に、リズが再び口を開く。

「王女様に、なんという振る舞い！」

「まあ、まあ。リズどの」

艶のある低音が割り込んだ。

リズが振り返れば、灰色の短髪の青年が立っていた。

「イリカ王女が見つかって、よかったじゃないですか」

「でも、ゼン様」

「ああ、そこの態度が悪い一級宮廷書記官は、おれが叱っておきますから。なんなら、王女への不敬罪で首チョンパでも」

「怖いこと言うなあ、近衛騎士どのは」

サフィルドの言葉を無視して、ゼンがイリカを部屋に戻るように諭す。

「かくれんぼは、もう十分楽しんだでしょう？　お戻りください、イリカ様」

「はぁい」

イリカが洋紙をひらひらさせる。

リズたちに連れられて、彼女は図書室を後にした。侍女や侍従たちも、ほっと息をついて引き上げていった。

図書室に、サフィルドとゼンが残される。

「……書き損じるとは、珍しいな。友よ」

「幸せが逃げるって本当だな、友よ」

サフィルドが椅子の背に体を預け、天井を仰いだ。ため息をつく。

第6筆　書く前の手慣らし

翌日の朝。

サフィルドが西の塔の図書室に赴けば、机の正面にイリカが座っていた。

「朝から脱走ですか」

そう訊ねれば、彼女が頬を膨らませる。

「脱走じゃないわ。人を脱獄犯みたいに言わないで」

「それは失礼」

椅子を引き、サフィルドが座る。机の引き出しから、インク壺や羽根ペンを取り出す。

「ねぇ、サフィルド」

「厄介事は御免ですよ」

「まだ、何も言っていないじゃない」

「勘です」

机を挟んで、紫の大きな瞳が見つめる。十七にしては体の線が細く、どこか幼さが残る。

サフィルドが洋紙を用意し、羽根ペンにインクをつける。その動作ひとつひとつを見逃さないようにと、彼女の視線が追いかけ回す。

「……なんですか」

「今日は、古書の書き写しをしないの?」

「手慣らしをしたら、やります」

「手慣らし?」

「見ていても、面白くありませんよ」

サフィルドが羽根ペンを洋紙に下ろす。横へ、真っ直ぐに線を引く。繰り返す。

インクを足して、横に羽根ペンを動かす。洋紙の半分まで埋まったら、今度は縦の線。真っ直ぐに、ぶれることなく、書く。

「これが、手慣らし?」

「そうですよ」

洋紙を裏返す。今度は、単語を書き散らしていく。

「……赤い、いのしし、うたう、エノワル?」

不思議そうに、イリカが首を傾げた。

「エノワルって何?」

「エノワール。フルミアの古語で、星を意味します」

「古語が読めるって、本当みたいね」

「そりゃどーも」

「ねぇ、他には？　古語を書いて見せてよ」

サフィルドがため息をつく。

「邪魔しないでくれます？」

「あら、邪魔なんかしていないわ。あなたの手慣らしに、付き合ってあげているのよ」

「物は言いようですな」

「次は、イリカって書いて」

「人の話、聞いていました？」

「もちろん」

早く早く、と彼女に急かされ、サフィルドは仏頂面で羽根ペンを動かす。

イリカ。

黒いインクで記されたそれは、朝陽を受けて輝いて見えた。

「……光あれ」

「え？」

サフィルドの呟きを拾えなかった彼女が、顔を上げた。

「古語で、光あれ、という祝福の言葉ですね」

紫の瞳が大きくなり、やがて、嬉しそうに微笑んだ。

「そうよ。お父様からいただいた名前よ」

彼女が口にする。

「イリカ・フルミア」

そうして、小首を傾げる。

「どうして王族は名前が短いのかしら。隠し名持ち《ヴァーチャス》の貴族のほうが、よっぽど立派に思えるわ」

「サインする書類が、多いからじゃないですかねぇー」

「適当なこと言わないで。サフィルド」

いやいや本気ですよ、とサフィルドが言う。

「宮廷書記官の私でさえ、代筆者としてのサインを、一日に何十枚としますからねぇ。名前の綴りは短いほうがいい」

イリカの目が瞬く。

「サフィルド・リトンの綴りは？　短いの？」

「そーですねぇ。普通かな」

その名前が、洋紙のイリカの横に並ぶ。

「ねぇ。サフィルドの意味は何？」

「それ、聞きます？」

「気になるもの。人の名前にしては、初めて聞いたわ」

「そりゃ、古語ですからねぇ」

きらり、とイリカの目が輝いた。

「教えて頂戴！」

前のめりの彼女に、サフィルドは気圧される。

「ちょっ。近いですよ、王女様！」

手を伸ばせば触れられる距離。

サフィルドは慌てて身を引いた。

それでも、紫の目は追撃を緩めない。

「ねぇ、教えて？」

絶妙な角度からの、上目遣い。

「……手慣れてらっしゃる」

「リズはこれで許してくれるわ」

「王女の教育どうなってんだ」

サフィルドが呟けば、むっとイリカが唇を尖らせる。

「何よ。私がお願いしているのよ？」

「素晴らしき、お願いの態度ですね」

サフィルドは、のらりくらりと躱《かわ》す。

「ところで、王女様。そろそろ部屋に戻らないと、リズどのに見つかってしまいますよ」

遠くで時知らせの鐘が鳴る。

さっとイリカが表情を変えた。ドレスをさばき、椅子から立ち上がる。

「これで勝ったと思わないで頂戴！」

捨て台詞を残して、イリカが去っていった。

「……なんだかなー」

残されたサフィルドが呟く。

「調子が狂う……」

第7筆　書き手と物語

翌朝も、イリカは図書室にやって来た。

「どうやって、抜け出しているんですか？」

「秘密よ」

あきれたサフィルドに、イリカが片目をつぶって見せる。

「赤い、いのしし、うたう、エノワール」

机上、サフィルドの手元を覗き込んで、イリカが口ずさむ。

「今日も手慣らし？」

「見ても構いませんが、椅子に座ってください。ここで倒れられても困る」

「あら、そんなにヤワじゃないわ」

それでも大人しく、近くの椅子に腰かける。

「病弱な第一王女様でしょう？」

「そうね。療養を口実に、ここに閉じ込められているわ」

羽根ペンを持つ、サフィルドの手が止まった。

「退屈している？」

「ええ」

イリカが頷く。

「王城から来た宮廷書記官が珍しい?」

「珍しくはないわ。ただ、あなたの文字が綺麗だから。見ていたいのよ」

「光栄です」

「慇懃無礼はつまらない」

「これは失礼」

片方の手で、サフィルドが頭を掻く。

「ええと。王女様がいらっしゃると、俺が叱られるんですが」

「たぶらかしたって?」

「最悪、首チョンパですよ」

イリカが笑う。

「安心して。私の気まぐれって、お父様にちゃんと言うわ」

「不貞を疑われるのは、俺なんですけど」

「あら。お相手が私じゃ、ご不満?」

サフィルドが天井を仰いだ。

「光栄です」

「ねぇ、昨日の続き。サフィルドって、古語でしょう？　どういう意味」

きらきらと紫の瞳を輝かせて、イリカが答えを待つ。

ため息、ひとつ。

「幸せが逃げるわよ」

「生憎《あいにく》と、逃げる幸せを持ち合わせておりません」

サフィルドが羽根ペンの先をインク壺につけた。洋紙に文字を書く。

それは、自分の名前。

「青き書き手、という意味です。言葉遊びですね」

「……青き書き手。本当だわ、韻を踏んでいるのね」

ふわり、と微笑んだイリカに、サフィルドの心臓が飛び跳ねた。

「ねぇ、サフィルドは物語も書けるの？」

「は？」

突拍子もない問いかけに、反応が遅れる。

「物語……？」

「そう。私、この図書室の恋愛物語を、すべて読み終えてしまったの。新しい書籍はなかなか入らなくて」

サフィルドが首を巡らせれば、たくさんの本棚が並ぶ。そもそも、政務上の資料が多く、物語の蔵書は少ない。

「……書いたこと、ありませんね」

「古典にはない？　恋愛もの」

「うーん。訓戒物が多いですねぇ」

ああ、とサフィルドが何かを思い出す。席を立ち、本棚へ向かう。

しばらくして、戻って来た。

彼の手に、書籍が一冊。

「短い話ですが」

「恋愛もの？」

「ええ」

サフィルドが椅子に座り、ページを開く。

「王子と、姫の話です」

それは、古語で記されていた。

「お読みになりますか？」

笑いを含んだサフィルドの言葉に、イリカが頰を膨らませる。

「いじわる。途切れ途切れしか、読めないわ。あなたが読んで聞かせてよ」

「くくっ。仰せのままに」

「あなた、性格が悪いって言われない？」

「ひねくれた宮廷書記官とは言われましたね。どなたかに」

「ああ、言ったわ。確かに」

ぱらり、とサフィルドの指がページをめくる。

第8筆　静けさが身にしみて

次の日。

イリカは図書室に姿を現さなかった。

「いやー、清々と仕事ができるなぁ」

サフィルドが呟けば、その言葉は空しく響く。

いつものように椅子に座り、机上にインク壺や羽根ペンを並べる。洋紙を広げて、手慣らしを始める。

ペン先につけたインクが多かったのか、横線は太く醜く滲んだ。

ぽたり、と紙面上にシミを作る。

かと思えば、ガリッとペン先が洋紙に引っかかる。

「……うん」

見事な出来栄えに、サフィルドが深く息をついた。

椅子に背を預け、天井を見上げる。

「静かだ」

「宮廷書記官が、イリカ様に何用ですか？」

扉の前に、侍女のリズが立ちふさがる。

「ご所望の恋物語を持って参りました」

サフィルドが微笑む。

「では、預かります」

母親ぐらいの年代、放つ威圧が強い。

「ええと、恋物語は古語で書かれていて」

「だから？」

「読み聞かせる約束をしていて」

「会う約束ではなくて？」

「会う約束ではなくて」

言葉を繰り返すサフィルドに、リズはため息をつく。

「あ、幸せが逃げますよ」

「余計なお世話です」

笑みを浮かべたまま、サフィルドが肩をすくめた。

「……少しの間だけですよ」

リズが扉に手を掛ける。

「イリカ様は、お体が弱いのですから。長話は厳禁です」

「ありがとうございます」

キイ、と扉が開けられた。


午前の陽光が、柔らかく室内を照らす。

王城のような、豪奢な銀細工ではなく、飴色の木目が美しい内装だった。リズに連れられたサフィルドが三、四人の侍女たちとすれ違う。白い三枚羽根はそれなりに有効のようで、侍女たちの視線は温かい。

「ゼンはよく来ますか？」

サフィルドが訊ねる。

「そうね……、たまに、かしら。ゼン様は近衛騎士だから、夏の離宮の警護が仕事です」

「ああ、顔見せ程度ですか」

「奥様とご子息のお話をしてくださいますよ」

遠回しに妻子がいるので不貞は働かない、とけん制された。

いくつもの続きの間を通る。どこも木材をふんだんに使っている。

「サフィルド一級宮廷書記官」

「あ、長いので呼び捨てで構いません。リズどの」

「では、サフィルド」

鷲大狼《グリフィネール》――鷲の上半身に狼の下半身を持つ、美しい獣が彫刻された扉の前で、リズが振り返った。

「イリカ様を悲しませたら、許しませんからね」

「はい」

サフィルドの前で、扉が開かれる。

「サフィルド！」

寝台から声が飛んだ。

「具合はどうですか？」

「最悪よ」

寝台に横たわったまま、イリカが頬を膨らませた。その顔さえ愛らしい。

「少し、熱があるからって。リズが出歩かせてくれないの」

「当然です」

つん、とリズが顎を上げる。

「座っても？」

イリカの許しを得て、サフィルドが傍らの椅子に腰かける。

「それでは、続きといきましょうか」

「続き？」

「古典の恋物語ですよ」

サフィルドが片目をつぶって見せた。

イリカの顔が輝く。

第9筆　友の忠告

「サフィルド！」

「ん？」

庭園の木陰に座っていたサフィルドが見上げる。険しい表情のゼンと目が合った。

「お前も昼食か？」

「そうだが、そうじゃない」

ゼンが隣に座る。

「聞いたぞ。イリカ王女と、よく会っているそうだな」

「大丈夫だ。遊んでいても、陛下からの締め切りには間に合う」

「そうじゃない」

ゼンが息を吐く。

「では、どうなんだ」

「単刀直入に聞く」

灰青《かいせい》の瞳が鋭い。

「イリカ王女のことを、好いているのか？」

「……ははっ」

サフィルドが乾いた笑いを浮かべた。

「笑うなっ。こっちは真剣に聞いている」

「ゼン。お前の時はどうだった？　奥方との出会いは」

「なにを、急に――」

「暴漢に襲われていたところを、助けたんだってな。それで、お互いにひと目惚れ。まさに騎士物語のようだ」

「だから、なんだ」

「お前らしいと思うよ」

ざあっと風が吹く。

遠く、風の行き先を眺めれば、湖が輝いている。

「誤魔化すな、サフィルド」

「では、白状しよう」

わずかにサフィルドは目を伏せた。

「……妹のように思っているよ」

サフィルドの呟きに、ゼンが眉を寄せる。

「嘘ではないな、友よ」

「嘘じゃないよ、友よ」

　サフィルドの翠の瞳が、ゼンを映す。

「体が弱いせいで、外の世界を知らない。純真無垢だ。物語を読み聞かせてやると、喜ぶ。かわいいものじゃないか」

「王女を妹と思うなどと――」

「不敬か？　近衛騎士どの」

「……いや」

　ゼンが首を横に振った。

「まだ、思いとどまってくれているなら、いい」

　そう言って、ゼンが立ち上がった。

　風が吹く。

　遠く煌めく湖畔に、かすかな水の匂い。

「ゼン」

「何だ」

「お前の光は、どこにある」

「……少なくとも、お前のところにもあるぞ。サフィルド」

　友の静かな声に、サフィルドは薄く小さく笑った。

第10筆　彼と彼女の物語

「合法的脱走ですか？」

「そうよ」

図書室の入り口で、イリカが胸を張る。

緩む口元を、サフィルドはため息で誤魔化した。

「あっ。幸せが」

「逃げましたねぇ」

ふたりで笑う。

「ねぇ、サフィルド」

机の前に座った彼に、イリカが言う。

「恋物語を読んで」

「絶賛、仕事中なんですが」

サフィルドが指で頬を掻く。

「なによ。私の言うことが聞けないの？」

「ああ、その物言い。王族っぽいです」

「ぽい、じゃなくて。私は王族よ」

ぷく、とイリカの頰が膨らんだ。怒っているアピールだが、紫の目は笑っている。

「……では、王女様に」

サフィルドが立ち上がり、本棚へと移動した。しばらくして、一冊の書籍を手に、戻ってくる。

「お座りくださいな」

素直に言うことを聞く。

「どんな物語かしら。騎士は出てくるの？」

「騎士と姫が、湖の舟の上で愛を語らう物語です」

きらり、と彼女の瞳が輝いた。

「早く、早く」

「わかりましたよ」

言葉だけはあきれたよう、しかし、サフィルドは微笑んでいた。

彼の声がゆっくりと読み上げる。

騎士と姫の物語。

恋に落ちたふたりは、満月の夜、湖に舟を浮かべる。

そうして愛を囁《ささや》き合う。

「――おお、姫よ。この身が湖の藻屑となっても、お慕いしています」

はぁ、とイリカが憧憬の息をつく。

「素敵だわ」

「その後――、騎士は隣国との戦いで武勲を上げ、王から姫との結婚を許されました」

ぱたん、とサフィルドが書籍を閉じた。

「めでたし、めでたし」

「ふふふっ」

微笑むイリカが小さく拍手をする。

「月の下で語り合う愛……、月神《クーナ》の加護があったのね」

「そのようですね。幸せな結末だ」

「ねぇ、サフィルドの物語は？」

「は？」

翠の目が丸くなり、困惑したように頬を指で掻く。

「宮廷書記官は、物書きじゃありませんよ」

「知ってる。でも、あなただったら、どんな物語を書くの？」

きらきらとした紫の目に気圧されて、サフィルドが言い淀む。

「えーと。例えば。さっきの物語、俺だったら姫をかっ攫《さら》いますね」

「まあ、情熱的！」

嬉しそうに、イリカが微笑んだ。

「具体的には？　どうやって？」

催促するイリカに、しどろもどろになりながら、サフィルドは思いついた物語を語っていく。

ふたりきりの時間は、あっという間に過ぎていく。

「あら、こんなところにいたのね」

ふふふ、と笑みとともに金髪の令嬢が現れた。

「アルシア！」

「元気そうね、イリカ」

席を立つイリカにアルシアが歩み寄る。白い洋扇《クリム》を手に、アルシアがサフィルドを見た。

「お邪魔でしたか？」

「とんでもない。アルシア・フィルバード嬢。お会いできて光栄ですよ」

サフィルドが椅子から立ち、優雅に貴族礼をとる。ふふふ、とアルシアは笑みを深くする。

「焼いてしまうわ」

「はい？」

「あなたと話していたイリカが、今まで見たこともなく魅力的だったからよ」

「はぁ」

サフィルドが指で頬を掻く。きょとんとしたイリカだったが、一瞬にして頬を赤く染めた。

「ちょ、ちょっとアルシア！　そんなことじゃないから！」

「あら。わたくしは何も言っていませんよ？　イリカ」

ふふふ、と笑う。

第11筆　月の舟

そうして、ある夜のことだった。

「おや。夜這いですか？　リズどの」

「変なことを言わないでください」

私室の扉を開けると、真剣な面持ちのリズが立っていた。

「イリカ様がお呼びです」

「こんな夜更けに？」

「さあ、早く」

理由を答えず、リズはサフィルドを急かす。怪訝に思いつつも、身支度をしてリズの後について行く。

連れて行かれたのは、湖の湖畔。一艘の舟が繋がれている。

舟には、彼女。

「こんばんは、サフィルド。良い月の夜ね」

「イリカ様」

驚くサフィルドに、イリカは微笑んで見せた。

「リズにお願いしたの。一回だけだって。月の夜に、湖に舟を浮かべてみたいって」

サフィルドが振り向けば、リズは重々しく口を開いた。

「もし、イリカ様の身に何かあったら。その首が飛びます」

「おお、怖い」

「手を出した場合も同様です」

「気をつけます」

胸に手をあて、貴族礼をするサフィルドに、リズは鼻を鳴らした。

「ねぇ、サフィルド。来て」

揺れる舟にサフィルドが乗り込む。木製の櫂《かい》を使い、ゆっくりと漕ぎ出す。月に照らされた銀色の水面を舟が進む。

夜風が冷たい。

「寒くはないですか?」

「ええ。平気よ。リズがたくさん着せてくれたもの」

イリカが外套の襟元を手で合わせた。

「しかし、まあ。よく許してくれましたね」

櫂を漕ぎながら、サフィルドが呟く。

「一度きりだって言われたわ」

「それは、そうでしょう」

舟が湖の中央に近づく。

辺り一面、月光に染め上げられた水面。

静けさ。

鳥の声ひとつ聞こえない。

天には銀の月。

サフィルドが訊ねる。

「どうですか。物語の気分に浸れましたか？」

「そうね。騎士様と一緒なら、もっとよかったわ」

「宮廷書記官ですみませんねぇ」

櫂をひと漕ぎすれば、きらきらと水しぶきが舞う。

とぷん、と舟が揺れて止まった。

「おっと」

傾いたイリカの肩を、サフィルドが手で支える。

彼女がサフィルドを見た。

月光に照らされて、紫の瞳が宝石のように輝く。

「物語の騎士と姫は、愛を語り合ったわ」

「……生憎と、騎士ではないもので」

「言葉だけでも、くれないの？」

「月よりあなたが綺麗だと？」

夜風が湖面を渡る。

彼が囁く言葉は、静かに夜へ溶けていく。

第12筆　答えは出ている

「おい」

西の塔にある図書室に、ゼンが現れた。

「やあ」

本棚の間でサフィルドが振り向く。手には本が数冊。

「どうしたんだ？」

剣呑なゼンの灰青《かいせい》の目に、サフィルドは首を捻る。

「どうした、じゃない」

ゼンが歩を進め、距離を詰めた。

「イリカ様とのことだ」

「ああ、熱を出したんだろう。一緒に見舞いへ行くか？」

「そうじゃない、サフィルド！」

怒声が図書室に響き渡る。

「お前なぁ」

サフィルドが肩をすくめた。

「俺しかいないからいいけど。図書室ではお静かに、だぞ」

「そういう話をしているんじゃない！」

「では、どういう話だ」

　一拍の沈黙の後、ゼンが口を開く。

「……イリカ様のこと、どう想っている」

「昨晩のことか」

　ゼンが頷けば、サフィルドは唇を吊り上げた。

「見ていたのか」

「……夜回りの際に。偶然な」

「聴こえていたか？」

　答えないゼンに、くく、とサフィルドは嗤う。

「さすが灰青の牙《ジキタリア》だ。身体能力が優れている」

　サフィルドが手にしていた書籍を棚へ戻す。

「……夜風が吹いていただろう」

　ぽつりと呟くゼンに、サフィルドは手を止めた。

「風下で、声が拾えたんだ」

「へぇ」

サフィルドの手が棚の書籍の背を撫でる。

「妹のように思っている人へ、囁く言葉ではなかったぞ」

「情緒を解する、素晴らしい友だよ。お前は」

「サード」

特別な愛称に、翠の目が瞬いた。

「身を引け、友よ。おれはお前を失いたくはない」

しん、と室内が静まる。

窓から午前の陽光が差し込み、宙を舞う埃を輝かせる。

正面からゼンを見て、サフィルドはゆっくりと微笑んだ。

「心配してくれるのだな、友よ」

「ああ」

「そうか」

サフィルドが目を伏せた。拳を握り、ゼンの胸を軽く叩く。

「心配は無用だ」

彼の言葉に、ほっとしたようにゼンが息をついた。

「そうか――」

「もう、手遅れだ」

サフィルドと目が合う。
強い光を宿した、その翠。

第13筆　斬首

「リトンの首を刎ねよ！」

夏の離宮にある玉座の間で、王が叫ぶ。

体調を崩した王女を見舞うために、わざわざ王城からやって来た。

玉座の間の片隅では、恐怖にリズが震えている。

「宮廷書記官の身で、何ということを。この痴れ者が！」

ゼンを含む近衛騎士たちに身柄を押さえつけられ、床に這いつくばったサフィルドは、それでも不敵に笑った。リズを見れば、びくりと彼女の肩が跳ねる。

「お持ちください、陛下」

ゼルド王太子が口を挟む。

「何だ？　お前はこやつの肩を持つのか？」

「いいえ」

怒りに燃える、王の紫の目にも怯まない。

ゼルドが言う。

「首は首でも、宮廷書記官としての命を絶ちましょう」

怪訝そうに眉を寄せる父王に、ゼルドは続ける。

「右手を斬り落としましょう」

ゼルドの紫の瞳が、サフィルドを見下ろす。

「二度と、羽根ペンを持てぬよう」

サフィルドが笑みを消した。

第14筆　悲劇の作り方

「ゼンがやってくれたんだ」

　サフィルドが、右手をひらりと振る。

「さすが近衛騎士だよ。斬首する時、眉ひとつ動かさなかったんだから。そのあと泣いていたけど」

　白い手袋をした、義手。

「左手でも文字は書けるものだね」

「……悲劇以外を書くんだったら、歓迎してやったのに」

　リットが苦々しく呟いた。

「俺だって、最初から悲劇を書いていたわけじゃない」

「何？」

　サフィルドが両手を広げた。

「民衆が、そう望んだからさ」

　彼の翠の瞳が剣呑に光る。

「イリカは出産と同時に亡くなった」

ざあっ、と夜風が強く吹く。

「シンバルに逃亡していた俺のところへ、ゼンが短剣と一緒に、お前を抱いてやってきたよ」

リットの声が震える。

「……俺が、殺した？」

「決断したのは、イリカだ」

サフィルドが冷たく言い放つ。

「悲劇の子を演じたければ、好きにすればいい」

「――っ、誰が！」

それでも、リットの瞳は揺れている。

「イリカを殺したのは、お前じゃない」

サフィルドが冷たい笑みを浮かべた。

「民衆さ。イリカの死を、塔から身投げしたと決めた」

「な、何故？」

「言っただろう。人は悲劇がお好きなのさ」

サフィルドが西の塔を見上げる。

「王に恋人との仲を引き裂かれて、失意のうちに塔から身を投げた――、このほうが素晴らしく胸躍る悲劇だ」

リットが俯く。

「悪趣味だ……」

「それは民衆に言ってくれ」

その声に叩かれたように、びくりとリットの肩が跳ねた。

「人の勝手で変わる真実。真実が嘘で、嘘が真実――」

淡々とした声音で、サフィルドが言う。

「イリカが、自らの手で将来《きぼう》を閉じるなんて、考えられない。ゼンも言っていた。産んで、すぐイリカは亡くなったと。俺は友の言葉を信じたい」

リットが顔を上げた。サフィルドと目が合う。

同じ、翠の瞳。

「けれど――」

サフィルドは口を開いた。

「俺は光を失った。この世は絶望だ」

第15筆　光在る中へ

満月が僅かに傾きを変えた。

「少し、しゃべり過ぎてしまったかな？」

サフィルドがリットを見た。銀色の満月に照らされて、その顔は青白い。

「この世の絶望を、すべて背負っている顔をしているね」

「俺は……」

「気にすることないよ、リット」

サフィルドが歩を進め、距離を詰めた。

「俺は、俺のやり方で生きていく」

「……悲劇を書き続けるのか」

そうだ、とサフィルドは頷く。

リットは拳を強く握った。

「それなら――」

強い翠の瞳が、サフィルドを捉える。

「俺は、幸せな結末を書く。悲劇を、喜劇にしてやる」

「そうか」

ふっと、サフィルドの口元が緩んだ。

「楽しみにしているよ。リット」

そのまま歩を進め、リットの横を通り過ぎていく。

やがて、闇の向こうに消えた。


大広間に戻れば、トウリに見つかった。

「どこに行っていたんですか、リット様！」

「ちょっと悪夢を見に」

怪訝そうに、トウリが首を傾げる。

「挨拶からの逃避行ではなくて？」

「そうとも言うな」

「リット様」

真剣な面持ちで、トウリが言う。

「何か、あったのですか？　顔色が優れません」

息をつき、リットがトウリの頭を撫でる。

「リ、リット様……？」

「お前の茶髪はふわふわだな。換毛期か？」

「人を兎みたいに言わないでください」

くくく、とリットが喉を鳴らす。

「さて。騎士と姫はどこにいる？」

「姫なんていうと、シズナ様に怒られますよ」

「それもそうだな」

普段の調子に戻ったリットに、トウリはほっと息をつく。

「ご案内します」

「ああ。頼む」

リットがバルコニーを見た。夜闇に浮かぶ、銀色の月。

夜風が天を渡っていく。

〈了〉

chapter 03 翡翠の手紙

The graceful life of court clerk Litt

執務室のドアがノックされた。

「はい？」

トウリがドアを開ける。見知らぬ侍従が立っていた。

「お初にお目に掛かります。私はジュデウス伯爵家にお仕えする者です」

トウリより三つ四つ年上だろう、茶髪の侍従が頭を下げる。

「……ジュデウス伯の方が、何かご用でしょうか？」

「こちらを、リット・リトン一級宮廷書記官様に」

恭《うやうや》しく、茶髪の侍従が手紙を差し出した。白い封筒に、赤い封蠟。押された紋章は向き合う二羽の鳥。

「今すぐ、お返事をいただけますか？」

「今ですか！」

唐突な申し出に、トウリが驚く。思わず執務机を振り返る。

「急な話だな」

羽根ペンを置き、リットが机上に肘をついた。

「申し訳ありません」

深々と頭を下げる茶髪の侍従に、リットは軽く鼻を鳴らす。

「俺を呼びつける、どこぞの殿下よりはマシだが」

「リット様……、不敬罪で首チョンパですよ」

手紙を渡しながら、トウリが眉をひそめた。

「えーと、何々？」

封蠟を開け、中の便箋を取り出す。たった二枚。リットの翡翠色の目が、あっという間に文字を読み終える。

「ふーん。これは、これは」

「どれが、どれですか？」

「妙な合いの手はいらんぞ、トウリ」

「では、教えてください。リット様」

「うん」

ひとつ頷いて、リットが立ち上がる。

「じゃ、行こうか」

「どちらへ？」

職位のマントを羽織り、リットは胸元に白い三枚羽を留めた。

「馬車」

きょとんとするトウリに、リットが笑みを浮かべる。

「待たせているんだろ？　ジュデウス伯の侍従どの」

「お見通しでしたか」

　茶髪の侍従が苦笑した。


　午後の陽を受けて、馬車は進む。

「要約すると、この手紙の差出人を探してほしいってことさ」

　向かいに座ったトウリへ、リットが一枚の便箋を見せた。

　トウリが身を乗り出す。

　流れるような、達筆な筆跡。

『愛しき人へ
　遠く、離れた空の下でも、私はあなたのことを想っています。

　この零れる涙が、翡翠の翼となり、あなたのもとへ届きますよう……』

　トウリの眉間が険しくなった。

「これって、リット様が――」

「見事な恋文だろう？」

リットがトウリの言葉を遮る。ちら、と同乗している茶髪の侍従を見た。

トウリが口を閉じ、もう一度、恋文を見直す。便箋一枚。短い文章だが、端々に相手を愛おしく思う感情が溢れている。

「えーと。見事な恋文ですが。これの差出人を探す？」

「詳しいことは、依頼者から聞こう」

ガタン、と馬車が揺れた。

門の鉄柵には、向かい合う二羽の鳥の紋章。

「ジュデウス伯爵家は、代々、鉱山の管理を任されている」

馬車を降りて、リットが口を開く。

「今は、病で急死した先代の嫡男が家督を継いでいる」

屋敷のエントランスを抜けると、階段の間。二階へと続く大階段の前に、ひとりの老婦人が立っていた。

「お呼び立てしてしまい、申し訳ありません。リット・リトン様」

白髪をきっちりと結い、喪服の黒いドレスを纏っている。

リットが微笑んだ。

「リットで構いませんよ。アイナ・ジュデウス先代伯爵夫人」

「それなら。私のことも、ただのアイナとお呼びになって」

アイナが頬に皺を寄せ、笑う。深く刻まれた皺は彼女の魅力を損なうことなく、積み重ねてきた伯爵夫人としての威厳を思わせた。

「それでは、お言葉に甘えまして。輝ける智のお方」

リットの言葉に、アイナが重ねて言う。

「ただの老婦人ですわ」

軽々とアイナが単語の綴り遊びに乗り、トウリが目を見張った。満足そうに、リットが目を細める。

「ご謙遜を。叡智《えいち》は美しい」

「嫉妬に身を焦がしていても、かしら？」

アイナへ、リットが便箋を返す。

「立ち話も何ですわね。どうぞ、こちらへ。ヨル、紅茶の準備を」

「かしこまりました」

茶髪の侍従、ヨルが胸に手を当て、頭を下げた。

アイナに案内され、リットとトウリが二階の客間に通される。白を基調とした室内。ところどころに、宝石の原石が飾られている。

「お掛けになって」

「失礼します」

テーブルを挟み、リットとアイナが向かい合って座った。トウリが、リットの傍に控える。

「老いの先が短いから、単刀直入に言うわね。この手紙の、差出人を探してほしいの」

「どなた宛か、ご存じなのですか」

リットが尋ねる。アイナが頷く。

「宛先が、書いていないのに？」

「主人の鞄から見つけました」

凛とした声に、トウリが息を呑んだ。アイナの瞳が、真っ直ぐにリットを映す。

「浅ましいなんて、思わないでちょうだいね。ケイスが亡くなって、その遺品を整理していたのよ」

先代のジュデウス伯爵の私室、旅行鞄の奥から出てきたのだと言う。

「彼は、恋文なんて書かなかったわ」

ふっと視線を外し、アイナが窓の外を見る。

「鉱山の視察で、何日も屋敷を空けていても。ただ、手紙は来たわ。『元気か。不自由はないか』……業務連絡のような内容で。この恋文のような『愛しき人へ』なんて、一度も口にしたことなんて、なかった。それに、この美しい筆跡。彼のものではない」

アイナがため息をつく。

「愛人がいたのよ。きっと」

「そんな！」

「トウリ」

声を上げたトウリを、リットがたしなめた。

「も、申し訳ありません……」

ふふ、とアイナが微笑む。

「珍しいことでもないわ。頭でっかちの女より、かわいい娘を殿方は好むのでしょう？」

「私の趣味は内緒です」

リットが肩をすくめた。

「あら。はぐらかされてしまったわ」

「しかし、アイナ様」

リットが口元に手を当てる。

「仮にもし、愛人がいたとして。万が一、その方が手紙を出したとして。探し出して、どうするのですか」

「決まっています」

アイナが背筋を伸ばした。

凛とした、佇まい。

「――ジュデウス伯爵家の相続に関わる気があるのか、問い質します」

そこには年老いた夫人の姿はなく。

長年、伯爵家を支えた女性の威厳があった。

「なるほど」

リットが手を下ろす。ゆっくりと唇が弧を描いた。

「ただの宮廷書記官の私に、そのような依頼を」

「ただの宮廷書記官では、ありません。殿下の信頼が厚い、一級宮廷書記官です」

「ありがとうございます」

胸元の白い三枚羽を手で押さえ、リットが告げる。

「その手紙の差出人には、心当たりがあります」

膝の上で、アイナが拳を握った。

「……どなた、ですか」

「あなたを一番愛していた人です」

アイナの目が大きくなった。

「まさか。そんな。筆跡が、あの人とは違います！」

「それはそうでしょう。この私が代筆しましたから」

翡翠色の目が、アイナを見つめる。ひゅっ、と彼女が息を呑んだ。

「ケイス様。よく覚えていますよ」

リットが、笑う。

「ご自身の想いを言葉にするのが苦手、とのことで。私の元へいらっしゃいました。鉱山の視察で何日も屋敷を留守にして、申し訳ないと。直接、口にできなくて、不甲斐ないと」

「あ、あの人が、そのようなことを……」

「はい。恥ずかしそうに、おっしゃっていました」

リットが息を吸った。

「『愛しき人へ
遠く、離れた空の下でも、私はあなたのことを想っています。

この零れる涙が、翡翠の翼となり、あなたのもとへ届きますように。

この溢れる熱が、あなたの悲しみを癒しますように。

翡翠の翼を得て、今すぐ飛んでいきたい。

愛しき、あなたへ』……」

透明な宝石がひと粒、彼女の瞳から零れ落ちた。


〈了〉

chapter.04
The graceful life of court clerk Litt
赤い希望

年老いた樵《きこり》に、小さなタネをもらった。

「たくさん食わんと、大きくなれんぞ。ボウズ」

「それは父さんに言ってよ」

小さな手のひらにタネを乗せ、リットが唇を尖らせる。

「毎日ニンジンばかりなんだから」

「ほっほっほ。そうか、そうか」

長いあごひげを指で撫で、樵は何度も頷く。

「それなら、これは良いじゃろう」

「本当?」

「上手に育てれば赤い、丸いやつが採れるはずじゃ。ほっほっほ」

「それ、おいしい?」

「おいしいとも、おいしいとも」

ほっほっほ、と樵が笑う。

「それで、タネを蒔いたのか」

　昼下がりの木陰にサフィルドとリットが座っている。

サフィルドが鍬についた土を、左手だけで器用にこすり落とす。

「十粒だけだったけど。芽が出るかな？」

「んー？　毎日リットが世話をすれば、すぐ芽は出るさ」

　リットが表情を輝かせた。余程、ニンジンに飽きていたらしい。

「赤い、丸いやつかぁ。ラディッシュかな」

「ラディッシュ！」

「バターで炒めると、うまいんだよな。赤ワインに合う」

「赤ワイン！」

「リットはまだ、飲めないだろう」

　むっと、リットの頬が膨らんだ。

「おれだって、赤ワインぐらい飲める！」

「そう言って、三日前にべろんべろんに酔っぱらったのは、誰だ」

　しゅん、とリットが俯く。初めて経験した二日酔いを思い出しているらしい。

「お前も十八を越えたら、酒の旨さがわかるようになるだろ」

「本当？」

「あと八年後の楽しみだな」

きらっと翡翠色の目が光った。もう笑顔になっている。

「子どもって、ホントよく表情が変わるなあー」

サフィルドが左手でリットの頬をつまんだ。

「ちょっと、父さん！　土がつく！」

「うん。男前だ、リット」

のほほんと、サフィルドは取り合わない。


成長が早い種類だったのだろう。

樵からもらったタネから、すくすくと青葉が伸び、収穫期を迎えた。

緑の茎の根元、赤い肌が土から見える。

忌まわしい、オレンジ色の野菜ではない。

「やった！」

リットが葉と茎を両手で持つ。引っ張る。抜けない。

引っ張る。

抜けない。

引っ張る。

抜けない。

踏ん張る。

抜け――た。

勢いそのままに、後ろにひっくり返った。

「いった！」

地面に尻もちをつき、それでも、その野菜を手放さなかった。

赤く、丸い、根菜。

「ラディッシュ！」

「おお。見事な……」

サフィルドが噴き出す。何がおかしいのか、けらけらと笑う。

「よかったなー、リット。今夜のメインディッシュは、それだ。くくっ」

「どうして、そんなに笑うの？　父さん」

「んー、リットが面白かったから」

怪訝そうにリットが眉を寄せた。

「ほら、日が暮れる前に収穫しよう。バターで炒めると、うまいぞ」

「ラディッシュ！」

「くくっ！」

涙目で笑うサフィルドの横で、リットが籠いっぱいに収穫していく。


隙間風が吹く家の中に、バターの香りがする。

サフィルドが、収穫した根菜をフライパンに入れた。ひと口大に切られた根菜は、じゅう〟と音を立て、焼かれる。左手で器用にフライパンを振って、サフィルドは満遍なく火を通す。

「ほら、できた」

リットが持つ皿へ、バター炒めを移す。ほこほこと湯気が立っている。フライパンを片付け、サフィルドがリットとともに、テーブルへ座る。

「いただきます」

「いただきます！」

表情を輝かせて、リットがフォークで根菜を口に運んだ。

その目が丸くなる。

バターの香り。

食べ慣れた味。

「――ニンジン？」

「ぶわっはっは！」

サフィルドが爆笑した。

「……父さん」

ごくん、と飲み込んで、リットがサフィルドを睨む。

「ニンジン、だって、知ってた？」

「俺はラディッシュだって断言してないよ。ぷっくく」

肩を震わせて、サフィルドが笑う。

見る見るうちに、リットの目が冷めていく。

「いやー、面白い。樵のじいさんが間違えたのか、確信犯か知らんが。確かに、赤くて、丸い、野菜だな。そういう種類のニンジンだな！」

「……笑うな、くそ親父」

「いや。だって、面白いもん」

リットは唇を噛んだ。一瞬だけ俯いて、ゆっくりと顔を上げる。

現実に向き合う。

さくり、とフォークを差した。口へ運ぶ。

バターの香り。

食べ慣れた味。

「……ニンジンだ」

「ぶわっはっは！」

サフィルドが、指で涙の滲む目元を拭う。

「よかったな、リット。人を容易に信じるなっていう、教訓になったな」

「親父は信用ならないことを学んだ」

赤い希望は裏切られた。

〈了〉

chapter 05
The graceful life of court clerk Litt
白の書き損じ

「ネタ切れだ！」

リットの叫びが執務室に響く。

「嘘でしょう？　リット様」

トウリが食い下がる。

「あなた様の羽根ペンをもってすれば――」

「ええい、俺を何だと思っている？　ネタ切れだってあるぞ！」

「威張らないでください」

ガタン、とリットが席を立つ。

「ないものは、ない」

「珍しく正論ですね」

トウリが手にしていた書物を閉じる。主人の前で、それについて熱弁を振るっていた。

「しかし、リット様。愛読者たちは、待ち望んでいます」

真剣な表情で、トウリが言う。

「『白雪騎士物語』の最新刊を！」

書物を掲げて見せた。

「今や城内をはじめ、城下や地方まで。その人気は留まりません！」

リットは答えず、窓際へと移動する。昼下がりの穏やかな午後、城壁に蒼い旗が翻っている。

「嬉しいことだな。国外逃亡できる資金がたまったぞ」

「逃がしませんよ。地の果てでも追いかけます」

「怖い侍従を持って、俺は幸せ者だなあ」

「ジュデウス先代伯爵夫人から、紅茶が届いていますが」

「それを先に言え」

きらっと、リットの目が光る。

「逃げるんじゃないのですか？」

あきれるトウリに、リットが首を横に振った。

「職務を放棄して国外へ行くなど。畏れ多い」

「確実に、首チョンパですね」

「その前に紅茶が飲みたい」

「変わり身の早い」

トウリがため息をつく。

「今、湯をもらってきますから。大人しく待っていてください」

「うん」

リットが頷く。窓からの日差しを受けて、茶色の髪が金色に透ける。

「三十秒で戻ってこい」

「物理的に無理です」

えー？　とリットが不満を漏らした。

「俺の侍従だぞ。できるだろう」

「『白雪騎士物語』の続きを今すぐ書いてくださるなら」

「湯で火傷したら危ないからな。ゆっくりでいい」

トウリが胡乱《うろん》げに主人を見る。


執務室のドアがノックされた。

「邪魔するぞ、リット」

「ああ、ジンか」

リットが窓の近くの椅子に座り、小卓で書き物をしている。書き上げた洋紙が、床の上に落ちる。

「仕事は執務室でやったらどうだ？」

「んー？　仕事じゃないから、どこでもいい」

パサリ、パサリ。床に落ちる洋紙の一枚を、ジンが拾う。

「これは……」

流麗な文字で綴られていたのは、恋文ではない。

「ん？　読んでのとおり」

「『白雪騎士物語』の続編か？」

「そー」

言葉だけでリットが頷く。その手が止まることはない。

「読んでも？」

「いいけど。俺に用があったんじゃないのか？　ジン」

「急ぎじゃない。それに、これとも関係がある」

「そうか？」

パサリ。また一枚、書き上げた原稿が床に落ちる。

「お待たせしました！」

湯の入ったポットを持ち、トウリが戻って来た。

「あっ、ジン様！」

トウリが笑顔になる。

「やあ、トウリ。邪魔しているぞ」

「少しお待ちください。今、紅茶を淹れ――」

トウリの言葉が途切れた。

その瞳は、小卓に向かう主人の姿に釘付けになる。

「リット様！」

「んー？」

「か、書いているのですね！」

「トウリ。見てのとおりだ」

リットが羽根ペンを止める。

「それで、紅茶は？」

「お、お待ちを！」

湯のポットを部屋の隅のテーブルに置く。

紅茶の準備をしながら、トウリが言う。

「ネタ切れ、解消したのですね！」

ジンが首を捻る。

「ん？　ネタ切れだったのか」

「まーな。一時的な」

くるくると、リットが羽根ペンを指で回す。

「それで、ジン。急ぎじゃない用事とは、なんだ」

ジンが床に散らばった洋紙を拾い集め、リットへ手渡した。

「弟妹《きょうだい》が、『白雪騎士物語』を読みたいそうだ」

「ほう」

リットの翡翠色の目が瞬く。

「インク屋に行けばいい。クードなら、格安で売ってくれるぞ」

「いや。既刊は、すでに読んでいる」

ジンがため息をついた。

「……最新刊を心待ちにしている」

「うおう」

リットが眉を寄せた。手の中の、書き上げた原稿に目を落とす。

「もしかしなくとも、催促に来たのか？」

「いや、その。えーと」

ジンの視線が泳ぐ。

「よ、予定だけ。聞きに来たんだ……」

「ジン！　ああ、お前もか！」

芝居がかった様子で、リットが嘆いた。

「夜空を統べる月神《クーナ》よ！　ご照覧あれ！　哀れな物書きがインクで手を汚し――」

「きれいな手だな」

ジンが呟いた。羽根ペンを持つリットの手に、インク汚れは一切ない。

「……少しは嘆かせてくれ、友よ」

「悲劇は嫌いなんじゃないのか、友よ」

リットとジンが、揃って肩をすくめた。

「お待たせしました」

トウリが片手でトレーを運ぶ。

「ジン様も、どうぞ座ってください」

「ああ。すまないな、トウリ」

トウリが、小卓の上に湯気の立つカップを置く。華やかな香りが漂う。

「ん」

「はい。リット様」

差し出された原稿を受け取り、トウリは執務机の上に置いた。

「あと何枚ですか？」

そう訊ねれば、カップを持ったリットの手が止まる。

「……まだ、三分の一」

「やれます、書けます、頑張れます！」

トウリの応援に、リットが乾いた笑いを浮かべる。

「はっはっは。愛読者からの応援は、力になるなあ」

「お望みならば、いくらでも！」

「勘弁してくれ。トウリ」

ずずず、とリットが紅茶に口をつける。

「うまいな、これ」

同じように、ひと口飲んだジンが呟いた。

「ジュデウス先代伯爵夫人からの、もらい物だ」

「ジュデウス伯？」

ジンの灰青《かいせい》色の目が瞬いた。

「急な病で亡くなられた、あのジュデウス伯か」

「そのご夫人、アイナ様からだ」

「何故」

「んー？　かくかく、しかじか」

「いや。わからん」

ジンが眉を寄せる。

「恋文の代筆のことで、ちょっとな。あとは言えん」

「そうか」

あっさりとジンが引き下がる。紅茶を飲む。

「それで。お前は、恋人と進展あったのか」

リットの言葉に、ジンが紅茶を吹き出しそうになる。

「ぐっふ……。な、なんの話だ」

「だから、恋人と――」

「シズナどのとは、そんな関係じゃない！」

耳まで赤くして、ジンが叫ぶ。

「ほー？」

にやり、とリットが嗤った。

「俺はひと言も、シズナどのとは言っていないんだが」

「うぐっ」

「どうして隣国シンバルの、第一王女付き騎士どのの名が出てくる？」

「そ、それは……」

ジンが盛大に目を逸らす。

「さ、最近、手紙をやり取りしている、唯一の、女性だから……」

「ほーう?」

リットは追撃の手を緩めない。

「あまたのご令嬢から恋文が来て、お断り返事書きに半泣きだったお前がなぁ」

「泣いてはいない」

凛とした表情で、ジンが否定する。

「ぶっは!」

リットが噴き出した。

「気にするのは、そこか!」

「断じて、泣いていない」

壁際に控えたトウリが、笑うのを堪えてぷるぷる震えている。

「騎士の矜持に懸けて。泣いてはいないぞ?」

「いや、懸けるなよ」

はー、と深い息をついて、リットが椅子の背もたれに身を預けた。

「その様子じゃ、甘い言葉ひとつ、手紙に書いていないようだ」

「必要か?」

ジンがリットを軽く睨む。

「『凛々しい騎士の姿も素敵だが、あなたのドレス姿も見てみたい。夜会で愛のヴァルツを踊ろう。ふたりきりで』――ぐらい書け」

　ジンが考え込むように、口元を手で押さえた。

「……いや、ちょっと」

「俺は見たいぞ」

　さらりとリットが言う。

「シズナどののドレス姿」

「何！」

　ガタタッ、とジンが腰を浮かしかける。

「なあ、トウリ」

「僕に話を振らないでください」

「見たい、見たくない。二択だ」

「見たいです！」

　表情を輝かせてトウリが言った。

「きっと、お美しいですよ」

「だ、そうだ。ジン」

　リットの言葉に、ジンがゆっくりと椅子に座る。

「……それは、おれ、だって」

「見たいんだな？　シズナどののドレス姿」

「しかし……、シズナどのは騎士だ。たとえ夜会が開かれたとしても、騎士の正装だろう」

「まーな。それが現実的だが」

リットが紅茶を飲む。

「その内、機会があるだろ」

「……そう願いたい」

ジンが息をつき、天井を仰ぐ。

「また、書き損じの日々だ……」

「恋文の？」

「違う」

茶化したリットが笑った。

「便箋を百枚用意しないと、書き上げられないかな」

「悔しいが、そのとおりだ」

がしがしと、ジンが頭を掻く。

「前途多難だな」

「お前が羨ましいよ。リット」

「うん？」

「書き損じることは、ないだろう？」

「まーな。これでも宮廷書記官だからな」

リットが紅茶を飲み干す。

ジンの盛大なため息が、執務室に響いた。


〈了〉

chapter 06
The graceful life of court clerk Liu
無《む》色《しき》の言葉

「……言い過ぎた気もするが……、だからと言って」

「ディエス団長」

ジンの声に、ディエスは独り言をやめた。両手を組み、のせていた顔を上げる。

「休憩にしますか？」

執務机には、書類の山がそびえている。

「ああ……、そうしよう」

ジンが目配せをすれば、タルガが紅茶のカップを差し出した。礼を言ってディエスが受け取る。

「ユヅキどのと喧嘩したのですか？」

ジンもタルガから紅茶を受け取って、自身の執務机の椅子に座る。

「口を利いてくれん」

「それは……。気が重いですね」

ゆっくりとディエスは紅茶を飲む。

「ジン」

「はい」

「お前に聞くのも何だが……、どうしたらいい？」

ジンがカップを机上に置いた。両手を軽く挙げる。

「私に聞くのは、どうかと思います」

「すまん」

がくり、とディエスが肩を落とした。

「えーと。リットに恋文代筆を頼みましょうか？」

「それが無難か……」

表情を曇らせて、ディエスが呟く。


「それで、わざわざ？　代理で？」

「代理で悪かったな」

リットの執務室を訪れたジンがぼやく。

「だいだい、夫婦喧嘩は犬も食わないぞ」

執務机の椅子に座ったリットが、目の前に立つジンを上目遣いで見る。

「わかっている」

ジンが頷く。

「しかし、今回は最長らしい」

「最長？」

リットが目を瞬かせる。

「ああ。三日間、口を利いてくれないそうだ」

「ユヅキどのも頑固……げふん、芯の強い人だからなー」

それで、とリットがジンに尋ねる。

「夫婦喧嘩の原因は何だ？」

「ディエス団長が、働き過ぎのユヅキどのを注意したことだ」

「あー、長い小言で？」

「そうだ」

リットとジンが揃ってため息をつく。

「……医薬室は今、大忙しだからな」

ぽつりとリットが呟いた。

「宮廷医薬師長どのが復帰された。溜まっていた仕事を回すのに、ユヅキどのも忙しいだろう」

「そうだよなぁ」

ジンが腕を組む。

「忙しくて疲れているときに、団長の小言か」

「そりゃ、ユヅキどのも怒るぞ」

「いや、しかし。団長はユヅキどのの体調を案じて……」

「それが長い小言でなければ、夫婦喧嘩にはならなかっただろ」

リットの言葉に、ジンが深く息をついた。

「……すまん、リット。そういうわけだ」

リットが頷く。

「仲直りの代筆か」

「そうだ」

「断る」

「何！」

ジンが勢いよく両手を執務机につく。インク壺の中身が盛大に揺れる。

「っと、落ち着けよ。友よ」

「落ち着いてられるか！　お前が頼みの綱なんだぞ！」

「そうでもない」

鋭い光を宿したリットの目に、ジンが眉を寄せる。

「ディエス団長もジンも、女性というものをわかっていない」

「お前に言われてもな……」

「少なくとも、恋文代筆をするために必要な最低限の理解はある」

リットが眉間に皺を寄せ、重々しく答える。

「そもそも、昨日今日夫婦になった2人でもない」

「それは、まあ。そうだが」

「ディエス団長の小言が長いことも、ユヅキどのを心配していることも、ユヅキどのはわかっている」

「それなら」

「それなら、なぜ、喧嘩になったのか。わかるか？　ジン」

灰色の髪に指をたてて、ジンががしがしと頭を掻く。

「だから、それは小言が長くて……って、それはユヅキどのも織り込み済みだから、そこじゃないのか。ああ、わからん！」

懊悩するジンに、リットが目を細めた。

「……お前がわかっていたら、驚きだ。友よ」

「むしろ、なぜリットはわかるんだ」

「わかるわけではない。ただ、そうかもしれない、というだけだ。時には道化を演じることも嵐をやり過ごすためには必要なのさ。ああ！　愚かな者を演じるほどに賢さが必要となるとは、なんたる喜劇！」

「いいから、答えを」

「ノリが悪いぞ、ジン」

「いいから、答えを」

淡々と求めてくるジンに、リットは息をついた。

「ディエス団長の長い小言で喧嘩になるなら、もう別れている。長い小言に言ってはいけない言葉でも入れたんだろう」

「言ってはいけない言葉？」

「そー」

リットが手持ち無沙汰のように三つ編みの先を弄《もてあそ》びながら、ぶんぶんと振る。

額に手を当てたまま、ジンは考え込む。

そのまま動かないジンに、リットがあきれてため息をつく。

「お前もディエス団長と同じだからなー。俺から見れば喜劇だが、あっという間に悲劇の主人公になりそうだ」

「……それなら、悲劇にならないように教えてくれ」

「まあ、実際は知らないけどなー」

「いいから教えろ」

ジンがすらりと剣を抜く。

「待て、ちょっと待て！」

「髪もだいぶ伸びただろう。斬ってやろうか」

「剣呑すぎるセリフは喜劇に合わないぞ！」

「剣を呑む覚悟があれば、言葉を呑み込めばいい」

「わかった、教える！　教えるが合っているかは知らん！」

リットが椅子の背にぴったりと体を寄せた。

ジンが剣を収める。

リットが安堵の息を漏らして、話し出す。

「たぶん、もしかして、の答えでいいなら。ディエス団長はユヅキどのの仕事にケチをつけた。おそらく、言葉の綾で」

「団長はそんな人では――」

「ない。わかっている。だが、時には言葉《ワード》は長剣《ソード》になる。仕事よりも自分の体を大事にしろとか、他の人に仕事を任せられるものは任せて休めとか、そんなことだろう。ユヅキどのは頑固な分、職務に誠実に向き合っている。必要な事は何か、不要な事は何か、分かった上で職務を振り分けて遂行している。

彼女は有能な宮廷医薬師だ。

その誇りを妻大事のディエス団長は傷つけたんだ。自覚なしに、な。それなら、手紙は逆効果だ」

「……これ以上、言葉はいらない、ということか」

「そー」

リットの椅子が、きしり、と微かに鳴く。

「女性、というものは難しいものだな」

「ユヅキどのやシズナどのはわかりやすいほうだと思うが……まぁ、真っ直ぐすぎる友には難解か」

執務室にジンのため息が響く。

リットは肩をすくめた。

頭を軽く左右に振ると、切り替えたようにジンは言う。

「では、ディエス団長はどうしたらいい？」

「あくまでも参考としてなら、こうしたらどうだろう」

リットの提案に、ジンの目が丸くなった。


夜も更けた頃に、ディエスが医薬室を訪れた。

た茶髪が揺れた。

「ユヅキ」

ひとり残って、作業机の片付けをしていたユヅキが振り返る。馬の尾のようにひと括りにした茶髪が揺れた。


「あら、近衛騎士団団長どの。こんな夜更けに何か御用で？」

業務用口調のユヅキに、ディエスの心が折れそうになる。

「いや、その……」

「手短に。十文字以内で」

「謝ろうと思って」

ユヅキが目を見張った。

「この前は……すまん。オレが言い過ぎた。反省している」

深々とディエスが頭を下げた。

「心配だったんだ。ずっと働きづめで、ろくに休んでいないのだろう？」

「ちゃんと寝ているよ。ここで」

「それは仮眠だ。ちゃんと寝台で体を休めないと。せっかく宮廷医薬師長どのが復帰されたのだ。お前が倒れでもしたら、せっかく軌道に乗ってきた医薬室の業務が――」

「長い、長い」

うぐ、とディエスが言葉を飲み込んだ。あきれたようにユヅキが彼を見る。

「それで、何？　簡潔に」

「……これを。お前に」

ディエスが小さな包みを手渡した。

受け取ったユヅキは、視線だけで問う。

「……紅茶だ。疲れが、取れるように」

沈黙が下りた。

ふたりきりの医薬室は、しんと静まり返る。

「――ふふ」

ユヅキが笑った。

ユヅキの持つ小さな包みからは、マツリカの香り。

集中力と緊張緩和の作用があるマツリカを調合した紅茶を用意したので、ユヅキはディエスを許すことにした。

「あなたにしたら、上出来」

「そ、そうか」

嬉しそうにディエスが破顔する。

「これで恋文とかだったら、ぶん殴るところ」

「言葉がいらない時もある、か」

「わかっているじゃない」

ユヅキが笑みを深くする。

はー、とディエスが長く息をつく。

「オレは、小言が長いらしい」

「え、今更?」

「すまん」

「それが、あなたでしょ」

ちょいちょい、とユヅキが手招きをする。

「何だ?」

屈み込んだディエスの頬に、ユヅキがキスを落とす。

「仲直りのしるし」

ふふ、とユヅキが微笑んだ。

ディエスが呆気にとられたように固まっていたが、しばらくすると脱力したようにユヅキの肩に頭をのせた。

「マツリカより、ユヅキの香りのほうがオレにはいい……」

「小言より利くセリフね」

「何か……？」

「なんでもない」

ユヅキは微笑むと、肩にのったディエスの頭を愛おしげに撫でた。

〈了〉

京都桜小径の喫茶店
～神様のお願い叶えます～

卯月みか　装画／白谷ゆう

付き合っていた恋人には逃げられ、仕事の派遣契約も切られて人生のどん底の水無月愛莉。そんな中、雑誌に載っていた京都の風景に魅了され、衝動的に京都「哲学の道」へと訪れる。そして「哲学の道」へと向かう途中出会った強面の拝み屋・誉との出会いをきっかけにたどり着いた『Cafe Path』で新たな生活をスタートするのだが……。古都京都を舞台に豆腐メンタル女子が結ばれたご縁を大切に、神様のお願い事を叶える為に奔走する恋物語。

付喪神が言うことには
～文京本郷・つくも質店のつれづれ帖～

三沢ケイ　装画／ふすい

『ご不要品のお引き取り致します　つくも質店』

文京区本郷にある無縁坂の途中にひっそりと佇む質屋――つくも質店。そこは物に宿った付喪神と交流できる力を持つ親子が営む不思議なお店。大学二年生の遠野梨花は、とある事情によりお金を工面すべく大切な万年筆をもってつくも質店を訪れるのだが、ひょんなことからそこでアルバイトを始めることに……。これは物に宿る神様――付喪神とつくも質店にまつわる人々による心温まる物語――。

一二三文庫

宮廷書記官リットの優雅な生活2

2022年10月5日　初版第一刷発行

著　者　鷹野 進
発行人　山崎 篤
発行・発売　株式会社一二三書房
〒101-0003
東京都千代田区一ツ橋2-4-3 光文恒産ビル
03-3265-1881
http://www.hifumi.co.jp/books/
製版協力　株式会社精興社
印刷所　中央精版印刷株式会社

ISBN 978-4-89199-873-8 C0193